Cuando
las panteras
no eran negras

*A LA
ORILLA
DEL VIENTO*

Primera edición, 2010

Morábito, Fabio
    Cuando las panteras no eran negras / Fabio Morábito;
ilus. de Abraham Balcázar. — México : FCE, 2010
    105 p. : ilus. ; 19 × 15 cm — (Colec. A la Orilla del
Viento)
    ISBN 978-607-16-0203-9

    1. Literatura infantil I. Balcázar, Abraham, il. II. Ser.
III. t.

    LC PZ7   Dewey 808.068 M449c

Distribución mundial

D. R. © 2010, Fondo de Cultura Económica
Carretera Picacho Ajusco 227, Bosques
del Pedregal, C. P. 14738, México, D. F.
www.fondodeculturaeconomica.com
Empresa certificada ISO 9001: 2000

Colección dirigida por Eliana Pasarán
Edición: Carlos Sánchez Gutiérrez
Diseño gráfico: Miguel Venegas Geffroy
Diseño de la colección: León Muñoz Santini

Comentarios y sugerencias:
librosparaninos@fondodeculturaeconomica.com
Tel.: (55) 5449-1871. Fax: (55) 5449-1873

ISBN 978-607-16-0203-9

Impreso en México • *Printed in Mexico*

Cuando las panteras no eran negras

FABIO MORÁBITO

ilustrado por
ABRAHAM BALCÁZAR

FONDO
DE CULTURA
ECONÓMICA

Para Diego

1

Las panteras no siempre fueron negras. Al principio eran de color pardo, como los leones, no eran solitarias como ahora y tampoco cazaban de noche. Vivían en grandes hordas y cazaban en grupo a pleno día, como los leones, a los que de hecho imitaban en todo, apostándose como ellos junto a los abrevaderos donde las gacelas, los ñus y las cebras iban a calmar su sed en las horas más calurosas.

Los leones usaban como ahora un método que les daba buenos resultados, pues mientras uno o varios de ellos salían repentinamente de la espesura para asustar al rebaño de herbívoros, otros, que se habían escondido detrás de unas rocas o unos arbustos, esperaban que la estampida de animales viniera hacia ellos para salir al descubierto y atrapar a la bestia que pasara más cerca. Una táctica simple, pero eficaz.

Las panteras, que los imitaban en todo, salían igualmente a espantar el rebaño de cebras y de ñus mientras otras panteras esperaban escondidas, pero al salir las primeras de la espesura, lo más común era que el rebaño corriera hacia el lado contrario de donde se encontraban las otras, las cuales se quedaban viendo cómo los herbívoros se alejaban al galope. Salían entonces de su escondite, jurando y perjurando que la culpa era del otro grupo, que empujaba a los animales en la dirección equivocada, pero las otras les rebatían que las culpables eran ellas, que no se sabían esconder. Y así, en esos reclamos, se les iba la vida, y al final nadie entendía por qué los leones, que usaban el mismo truco, cazaban tantos animales y ellas apenas los suficientes para no morirse de hambre.

A decir verdad, también los leones pasaban varios días sin atrapar un solo animal y a menudo se veían en la necesidad de comer las carroñas de animales cazados por los guepardos o los perros salvajes. Y en la estación seca, cuando los grandes rebaños de herbívoros emigraban a los lugares más húmedos y la caza bajaba enormemente, sobre todo los más jóvenes mostraban en sus cuerpos los estragos del ayuno. Las panteras, con tal de no ver, volvían la cabeza hacia otra parte, fijándose en los poderosos machos y en las leonas maduras, que siempre tenían buen aspecto porque se quedaban con lo mejor de los animales abatidos y con frecuencia dejaban que los más jóvenes y los cachorros se murieran de hambre.

Con las primeras lluvias de octubre, cuando los herbívoros regresaban a las grandes praderas para alimentarse de la hierba fresca y la caza prosperaba de nuevo, las panteras que no habían muerto en la sequía olvidaban todo lo que habían visto en esas semanas aciagas y lo primero que borraban de sus recuerdos era el aspecto alucinante de los leones a causa de la hambruna.

El regreso de los rebaños después de la estación seca era para todos los cazadores el mejor periodo del año. Había tal abundancia de animales que era casi imposible no comer hasta hartarse. Era la única época en que las panteras se desentendían de los leones, pues todos los carnívoros estaban tan ocupados en cazar que nadie se fijaba en lo que hacía el vecino. Leones, leopardos, panteras, chacales, guepardos, licaones: las partidas de caza salían regularmente hacia las praderas llenas de herbívoros en un continuo vaivén de cazadores que iban y venían, abandonando sus reductos para bajar a la llanura hirviente de rebaños y regresar poco después para recuperar sus fuerzas y organizar otra salida. Una cacería se sucedía a otra, a menudo se cruzaba con otra y cuando, debido al intenso tráfico, una pantera que acosaba a un ñu llegaba a chocar con un guepardo que venía en sentido contrario persiguiendo a un antílope, no era raro, después del terrible frentazo y las disculpas apresuradas, que se intercambiaran las presas y la pantera acosara al antílope del guepardo y éste al ñu de la pantera.

Una ebullición de persecuciones y fugas, de estampidas y frenazos, hacía que el polvo levantado se quedara suspendido en el aire todo el día. Sólo al atardecer, cuando los grandes rebaños se fragmentaban en islotes de no más de diez o doce animales y la caza se desperdigaba en multitud de direcciones y ramales nuevos, el polvo del llano bajaba otra vez y muchos carnívoros y herbívoros se retiraban a sus lugares de descanso, hartos de cualquier cosa relacionada con la persecución y la sangre. Era frecuente ver entonces, lejos de las batidas periféricas que seguían teniendo lugar en los bosques aledaños o en las primeras tierras escarpadas, a un león tirado en la hierba a pocos metros de una cebra, los dos rendidos, uno indiferente al otro, sólo deseosos de descansar y recobrar las fuerzas para el día siguiente.

La época de abundancia duraba poco. Muchos animales de hierba emigraban hacia sus praderas de origen y en el gran llano se restablecía el antiguo equilibrio entre carnívoros y herbívoros. La caza se hacía otra vez difícil y las panteras volvían a admirar a los leones, sobre todo a los grandes machos, cuyas melenas en esos meses eran más tupidas y oscuras.

Las leonas, por su lado, incapaces de resignarse a la abrupta disminución de alimento, cruzaban nerviosas los altos pastizales, rugían a la menor provocación y antes de una o dos semanas no volvían a ser amorosas con sus cachorros. Siendo ellas quienes en realidad cazaban dentro de la manada, resentían más que los machos el final de la época de prosperidad. Su nerviosismo las volvía irascibles y las jerarquías del grupo se tambaleaban. Pero los machos, conocedores de su propia fuerza, apenas respondían a sus agresiones, dejando que se aplacaran por sí solas, y fuera de una que otra escaramuza que rompía la calma de la horda, esos días de tensión pasaban sin mayor disgusto. En la horda de al lado, en cambio, surgían serias desavenencias e incluso derramamientos de sangre, porque a fuerza de acomodar su modo de vida al de sus poderosos vecinos, las panteras habían perdido el sentido de las proporciones y hacían de cualquier nimiedad una cuestión de vida o muerte. Competían entre sí para parecerse lo más posible a los leones y cuando salían a cazar, trémulas de entusiasmo porque creían que los leones las estaban mirando (cosa absolutamente improbable), perdían su naturalidad y la caza se volvía una tortura. Sobre el bastidor de la táctica simple y eficaz de sus vecinos bordaban minuciosas variaciones para deslumbrarlos, mientras los leones roncaban la mayor parte del día. Y al querer ser como ellos, atacaban animales que sólo los leones podían abatir, como los búfalos y los hipopótamos. Contra semejantes colosos las panteras eran impotentes, pero se acordaban cuando ya se había trabado la lucha y sentían lo lejos que estaban de poder rendirlos o tan siquiera lastimarlos. El búfalo, en cambio, a menudo, las dejaba mortalmente heridas con sus cornadas, y el hipopótamo, cuya piel correosa no podían penetrar los colmillos de las panteras, podía aplastarlas con su peso descomunal.

No todo, sin embargo, era sombrío en sus vidas, y a veces, cuando habían tenido la suerte de cazar un antílope enfermo o una cebra herida o una gacela pasada de años, el grupo, sobre todo a la hora del crepúsculo, reunido bajo una acacia, reencontraba con el estómago lleno el atisbo de una armonía antigua y de una seguridad cuyo recuerdo conservaban sus huesos y sus músculos, como un aire de atávica independencia que se había depositado en lo más hondo de la especie: un aire de un tiempo remoto en que todavía no había leones, y las panteras, dueñas del gran llano, eran los animales más temidos y no se daban abasto con la caza, pues ésta era inagotable, y los otros

carnívoros, principalmente los perros salvajes y los guepardos, se inclinaban reverentemente cuando ellas pasaban, reconociendo su preeminencia en el gran concierto de vida y muerte de la pradera.

¿Hubo de veras un tiempo y un lugar así, sin leones, una época más silenciosa donde el salto de los felinos era más aterciopelado y todos cazaban sin ser vistos y sin necesidad de juntarse con otros, pasando del descanso a la caza y de la caza al descanso con un leve cambio de postura, tan leve que a menudo ya estaban cazando sin darse cuenta; un tiempo en que cazar era sumergirse en el flujo que vinculaba todo con todo,

un método general de comprensión de las cosas, lo mismo entre los perseguidores que entre los perseguidos, y morir cazado era morir cumplidamente, de hecho, la única forma razonable de morir?

Las panteras se lo preguntaban suspirando en el crepúsculo y sus ojos se encendían de un amarillo denso y perturbador, el único rasgo que los leones les envidiaban sinceramente.

No todas las panteras se postraban ante los leones. Una de las jóvenes, cuya madre, al morir, la dejó huérfana en tierna edad, por lo que no pudo transmitirle la veneración desmedida que las panteras sentían por sus vecinos, admiraba a los veloces guepardos, que había conocido siendo apenas una cachorra, durante una de las peores sequías del gran llano. No había vuelto a verlos desde entonces, porque la tierra de los guepardos, que en otro tiempo colindaba con la de las panteras, quedaba ya retirada y muchas panteras se morían sin jamás haber visto uno, y aunque la huérfana tenía de ellos un recuerdo vago, no lo era tanto como para que los leones no le parecieran, en comparación, lentos y sin gracia.

Ella y su madre, en ese tiempo, vivían en otra horda de la que su madre se separó una mañana para seguir las huellas de un rebaño de cebras. No pudiendo llevarla consigo, la dejó oculta entre unos matorrales y cuando volvió de su excursión la encontró donde la había dejado, pero no encontró a las otras panteras, que se habían movido unos kilómetros hacia el sur para seguir la pista de otro rebaño. De estar sola, no habría tenido dificultad en alcanzar a la manada, pero con la cachorra era imposible. Madre e hija empezaron a vagar por el llano casi vacío de herbívoros y cuando encontraban algún león o grupo de leones, la madre, que sabía que en época de hambruna los leones no habrían dudado en devorarlas, se subía con su cría al primer árbol que tuviera a la mano.

Buscaba su madre las charcas que durante la estación seca eran los únicos sitios visitados con regularidad por los antílopes y demás herbívoros que no habían emigrado hacia el sur. Una de las más grandes era frecuentada por pequeños grupos de *tommies*, las gacelas de Thomson, que observaban nerviosas a su alrededor, tomaban unos sorbos de agua y se iban. Su madre, después de dejarla escondida entre los arbustos, se apostaba cerca de la orilla donde esperaba la llegada de las gacelas y ahí podía pasarse horas sin moverse, sufriendo el martirio de las moscas y aguantándose las ganas de espantarlas con la cola para no ocasionar el menor movimiento de la hierba. Ella, desde su escondite, estiraba el cuello sólo para cerciorarse de que su madre seguía en el mismo lugar. Si algún león merodeaba en las cercanías, la madre abandonaba su apostadero, recogía a su cachorra y se subía con ella en el árbol más cercano, donde esperaban que el león o la leona se marcharan después de beber en el aguaje.

Entre los visitantes fijos del lugar había dos jóvenes guepardos que preferían apostarse en una barrera de vegetación más alejada. Gracias a su impresionante velocidad, podían darse el lujo de acechar a las gacelas a varias decenas de metros de la orilla, y aunque nunca cazaban juntos, sino alternándose, como si estuvieran enfrascados en un secreto duelo de supremacía, tenían mucha más suerte que su madre, que sólo sabía cazar en grupo y cometía muchos errores de apreciación cuando salía al descubierto. El cazador solitario, como el guepardo, elige de inmediato su presa; observa el rebaño y ve en seguida qué animal viejo, enfermo o inexperto será más fácil abatir; sus ojos sólo miran a ese animal, y cuando sale disparado para darle alcance, nada puede distraerlo de su objetivo, ni siquiera otro animal del rebaño que por algún azar llegara a encontrarse más cerca. Un cambio de ruta en el último momento casi siempre resulta desastroso. Para el que caza en grupo las cosas son distintas. El barullo que provoca el ataque de varios cazadores produce tal descontrol en el rebaño que los animales se desperdigan en todas direcciones y toca al cazador colocado en la posición más ventajosa derribar al animal que tiene más próximo. Mientras su madre, no acostumbrada a elegir ninguna presa, dudaba hasta el último momento, perdiendo instantes preciosos, los guepardos, libres de titubeos, conseguían a menudo abatir al antílope o a la gacela que habían escogido.

Así, durante el tiempo que permanecieron en las inmediaciones de la charca, vivieron de comer los restos de lo que cazaba aquella pareja, porque su madre, fuera de unos cuantos ratones y culebras que salían al amanecer de sus agujeros, no consiguió cazar nada. De no haber sido por los guepardos, se hubieran muerto de hambre, y ella, que pudo observar desde su escondite sus increíbles carreras y sus movimientos sin desperdicio, casi crueles de tan elegantes, conoció una forma de cazar que no era la de su madre ni la de los leones.

Por eso los admiraba. Gracias a ellos había sobrevivido. De los leones, en cambio, había tenido que ocultarse subiendo a los árboles. No los reverenciaba como las otras panteras. Notaba en los movimientos de todos ellos, desde que eran apenas unos cachorros, un desperdicio de energía que su espíritu, educado en la perfecta adecuación de cada gesto a un propósito concreto, rechazaba con disgusto. Su madre le había enseñado a ser extremadamente pulcra y cuidadosa. Si había muerto en la batida contra el búfalo, de seguro había sido culpa de las otras panteras, que no habían guardado el orden de ataque debido. ¡Cuán perfectamente se daba cuenta, pese a su juventud, de la falta de coordinación que imperaba en las cacerías del grupo!

Recordaba otra cosa de aquellos días transcurridos junto a la charca: el pelo de su madre, pardo y casi rojizo, se tornó oscuro y tardó mucho tiempo en volver a su tono natural. Después, cuando la charca, debido al gran calor, se empequeñeció hasta evaporarse, se pusieron otra vez en marcha, pero no volvieron a encontrar a las otras panteras y deambularon por el gran llano en busca de los escasos aguaderos que quedaban. Su madre se volvió experta en atrapar ratones y lagartos. Gracias a esa caza menuda, que fue la primera habilidad que le enseñó, sobrevivieron hasta que los aguaceros de octubre llenaron de nuevo las charcas y los grandes rebaños regresaron a los pastizales. Ellas también volvieron a su antiguo lugar junto a las acacias, seguras de encontrar a la manada reunida, pero la horda ya no estaba ahí. Otra horda, más grande, había ocupado su lugar, y su madre, para que fueran aceptadas por las nuevas panteras, tuvo que cazar una buena cantidad de roedores y serpientes que ponía a disposición de aquella horda como una especie de tributo, y aún después, cuando se integraron a la vida del grupo, siempre guardaron en él un lugar periférico, pues su olor era ligeramente distinto y las otras nunca olvidaron que venían de afuera.

A menudo, al atardecer, en la gran hora del descanso y la melancolía, ella sorprendía a su madre con la mirada vuelta hacia el sur, y aunque había perdido el recuerdo de las panteras de su infancia, se acostaba a su lado y la imitaba en cada gesto, adivinando, por la postura de ella, que estaba esperando algo. Cuando su madre murió, heredó esa postura y al atardecer escrutaba el mismo punto en dirección al sur, donde su madre había sido muerta por el búfalo, y era difícil saber si esperaba el regreso de su madre o de esa otra cosa que su madre le había enseñado a esperar y que ella misma ignoraba qué era.

Puesto que sólo tenía que responder de su conducta ante su madre, siempre gozó en la nueva horda de más libertad que las otras panteras jóvenes. Salió a cazar muy pronto detrás del grupo adulto, como si su madre, previendo para ella un futuro solitario, tuviera prisa de que aprendiera todo lo necesario para vivir. Mientras las panteras de su edad jugaban bajo las acacias, ella se unía al grupo que salía a cazar y conoció el sabor de la sangre y la persecución. En los juegos con las otras panteras se mostraba tímida, porque se daba cuenta de cuán cerca estaban esas simulaciones de la verdadera sangre. Padecía las fanfarronadas de las otras y era la primera en retirarse cuando las dentelladas cruzaban el umbral que separaba el juego de la lucha. Ninguna, sin embargo, se hubiera atrevido a considerarla cobarde. Bastaba ver con qué audacia exploraba los alrededores, aventurándose donde ninguna otra pantera gustaba de andar sola. Tenía además un gusto por trepar a los árboles que faltaba en las otras panteras y que tal vez le venía de aquellos días en que su madre la levantaba del pescuezo para subirla al árbol más cercano cuando veía acercarse un león o una leona.

Subirse a un árbol, entre las panteras, era mal visto, porque los árboles no ayudaban a la unión de la horda, y las panteras, no obstante sus frecuentes pleitos, estaban muy pendientes de la cohesión del grupo. La sola idea de hacer vida en solitario, como algunos leones, les daba pánico, aunque en el fondo era el anhelo secreto de cada una. Subirse a un árbol era apartarse, querer destacar y soñar con quién sabe qué. Si una pantera joven lo hacía, por curiosidad o rebelión contra la horda, las panteras adultas la miraban con suficiencia y no toleraban que ese desplante se alargara mucho. Expresaban su irritación con unos gruñidos bajos que crecían de intensidad hasta que la joven optaba prudentemente por bajarse. Sin embargo, cuando se subía ella, la horda se guardaba sus gruñidos, porque tenía una manera de aflojarse sobre las ramas que revelaba un dominio innato de las alturas. Y como su madre no la reprendía, ellas tampoco chistaban. Le perdonaban, incluso, que se riera. Porque invariablemente, encaramada en un árbol, se reía. Le bastaba ver cómo el grupo de cazadores se aprestaba para una nueva batida, repartiéndose las tareas, para que no se aguantara las ganas.

—¿Qué tiene de chistoso? —preguntaban con impaciencia, sin obtener respuesta.

—Ya te veremos a ti, cuando te toque —y se iban a cazar con la molesta sensación de ser observadas por aquella cría malévola.

A veces, en pleno acecho, a punto de salir al descubierto, las alcanzaba el cristalino fragor de su carcajada.

—¿Y ahora de qué se ríe esa estúpida? —murmuraban las más nerviosas.

¿Se burlaba de sus errores desde la atalaya de los árboles o era la simple emoción lo que le producía esos ataques de risa? Nadie lo sabía. Y aunque no se atrevían a reprenderla, su comportamiento las crispaba y acabaron por prohibir a las otras subirse a los árboles, mostrando que no hubieran admitido otra actitud burlesca en el grupo. Por lo demás, las otras panteritas y panteras jóvenes, cuando se subían trabajosamente a las acacias para reírse como ella, una vez arriba no encontraban ningún motivo de alborozo y más bien les preocupaba cómo bajar sin lastimarse.

Ella, pues, sólo pertenecía a su madre, y esa ventaja era también la desventaja por venir de lejos y no haber nacido en el seno de la horda. Tenía más libertad que todas, pero se sentía una advenediza y su soltura incomodaba a varios miembros del grupo, que habrían preferido que ella y su madre regresaran al lugar de donde habían venido. Ignoraban que el lugar de donde habían venido era aquel donde se encontraban. Su madre se había guardado para sí ese secreto, sin revelárselo ni siquiera a su hija, y aunque a la horda le llamaba la atención su habilidad para moverse en los alrededores, estaban lejos de sospechar la verdad de las cosas. Como sea, al verla tan segura de sí misma, le cedían el papel de guía en las cazas del grupo y, aunque todas la envidiaban, veían en su arrojo un toque de astucia desesperada o de locura. Por eso, cuando fue corneada por el búfalo, algunas se regocijaron y la mayoría sintió que aquél era el fin más previsible, congratulándose consigo mismas por no ser tan intrépidas.

Ahora que era huérfana, se unía a las cacerías del grupo con la misma valentía de su madre, supliendo así su falta de experiencia. Desde la muerte de su madre, no volvió a subir a ninguna acacia ni volvió a reírse. Algunas, aunque eran las menos, extrañaban el explosivo chorro de su risa, que bien o mal rompía la atmósfera sombría del grupo. ¡Era tan raro oír una risa en la horda! Su arrojo desmedido, que inquietaba a las adultas y la alejaba de las jóvenes, la había vuelto sombría como todas, y al atardecer, cuando miraba hacia el sur, nadie se atrevía a importunarla. Atraída por cualquier ruido o movimiento proveniente de ese rumbo, dormía cada vez menos y se volvió una especie de centinela nocturno. Mientras el grueso de la horda dormía, ella vigilaba, sin saber qué vigilaba. Empezaron a verla con recelo, aunque nada tenían que objetarle, porque en las cacerías, pese a su juventud, tenía una sangre fría y un coraje poco comunes.

"De tal palo, tal astilla", decían recordando el valor de su madre, que echaban de menos, y envidiaban la habilidad de la huérfana para cazar ratones, liebres y serpientes, otro legado materno, pero no manifestaban esta admiración, pues su modelo eran los leones y esa pequeña caza, aunque utilísima, carecía de prestigio, por lo que se cuidaban de no ensalzarla.

No era la única que se quedaba despierta. Otra pantera, a la que por su carácter irascible le decían "la colérica", no podía conciliar el sueño si sabía que otras panteras no dormían. Era la primera en desaprobar con un gruñido los intentos de las jóvenes de escalar las acacias y cuando era la huérfana la que trepaba a un árbol, le dolía tanto no poder protestar que se alejaba de la rueda del panterío y se echaba en cualquier punto, mirando hacia otra parte.

Su mayor orgullo era no haber cedido nunca a la tentación de subirse a un árbol, ni siquiera cuando era una cachorra, y su mayor pasión era que todo estuviera en orden. Le gustaba que la rueda formada por el grupo se conservara en su lugar, compacta y sencilla. El menor encrespamiento de la rutina, la más leve ruptura de las costumbres consolidadas le producían un agudo desasosiego. Tal vez presentía la fragilidad de la manada o tal vez la irracionalidad de los animales la afectaba como a un humano. Su amor por la cohesión la volvía insoportablemente inquisitiva. Adónde vas, de dónde vienes, a quiénes viste: se fijaba en todo y quería enterarse de todo, siempre presintiendo un peligro, una amenaza o una catástrofe. Creía que sólo ella era capaz de velar por la paz de la tribu y por eso tenía que ser la última, de noche, en cerrar los ojos. Más tarde se volvía a despertar y con el pretexto de hacer pipí daba una última vuelta para corroborar que todo estuviera en su sitio. De haber sido humano, habría sido un inmejorable conserje de edificio. Tenía, de los conserjes, el mal carácter, la puntillosidad y la mandíbula siempre tensa, característica esta última que produce una cuadratura más acentuada de la cara, tanto en humanos como en panteras. Por eso algunas, las más jóvenes, le decían "la cuadrada". Y como sucede a menudo con aquellos que se preocupan en exceso del bienestar de un grupo, no sentía una predilección por ninguna compañera en especial. En el fondo, no las distinguía claramente, siempre preocupada por la cohesión, no por los individuos. No era amiga de nadie, pero había estrechado lazos con una pantera de aspecto maciento que tenía como apodo "la lúgubre" y con quien compartía el gusto por ver en la oscuridad —que en la lúgubre, al contrario de ella, era un don natural e inexplicable, fruto tal vez de su carácter lóbrego que le hacía siempre ver el lado negro de las cosas— y la aversión hacia los árboles y lo que los árboles significaban: el principio del desorden y de las ideas

raras; aversión que en la lúgubre no tenía ningún fondo misterioso, como en la colérica, sino físico, pues en una ocasión, de
adolescente, se había caído de una acacia, con la consecuente
fractura de una de las patas delanteras, y desde ese día cojeaba
levemente y tenía problemas para saltar.

Si bien desdeñosa por naturaleza, la colérica se había acos-
tumbrado a ese ser fibroso y enjuto, y sólo con ella podía dar libre
curso a sus innumerables quejas, que recibían el mismo escueto
e invariable comentario, "¡Qué horror!", por parte de la otra.

Ni siquiera los leones se salvaban de la crítica de ese par. Les
parecían animales chabacanos y burdos, pero envidiaban su
cohesión y su apego a las costumbres y a la regularidad, que
iban acompañados de una completa indiferencia hacia las
otras bestias. "Son soeces, pero como lo son los aristócratas",
repetía a menudo la colérica, ante la aprobación de la lúgubre,
que a veces no entendía nada de lo que decía la otra, pero
asentía por costumbre, prometiéndose meditar más tarde sobre
sus palabras.

Desde luego, ninguna de las dos amaba a la huérfana, como
tampoco habían amado a su madre, cuya intrepidez siempre les
pareció exagerada y fuera de lugar. "Tiene más valor del necesario", decía la colérica, y aunque ni ella ni la lúgubre carecían
de coraje, eran valerosas de un modo hosco y taciturno, carente
del vuelo colorido de la otra. Sólo la colérica sospechaba que el

vínculo de la madre con aquella tierra no era reciente: "Se mueve demasiado bien, no se equivoca nunca", y era también la única que, intrigada por la costumbre de las dos de mirar todas las noches hacia el sur, se preguntaba qué diablos estaban esperando.

Con el tiempo, en sus rondas de centinela, la huérfana llegó al pequeño arroyo que formaba la frontera natural entre el territorio de las panteras y el de los leones. Merodeando entre las piedras de la orilla, parecía indecisa sobre cruzar ese límite que su madre había respetado religiosamente. Invadir el coto de los leones significaba una muerte segura. Sus vecinos no hubieran perdonado a ninguna pantera la violación de aquellos confines.

Se paseaba junto al arroyo, tentada de cruzarlo para perderse en el otro lado donde la oscuridad parecía más densa e impenetrable. Al voltear hacia las acacias, la reverberación de los ojos de la colérica, que estaba pendiente de todos sus movimientos, le recordaba que la echarían de la horda si cruzaba aquel límite. Después de un rato remontaba la suave pendiente, observada por la otra, que no la perdía de vista hasta verla echarse en medio del panterío. La colérica esperaba un poco hasta estar segura de que la huérfana se había dormido y sólo entonces se levantaba para dar una última vuelta de inspección. Estaba muerta del cansancio, pero tenía que asegurarse de que todo estuviera en orden. Las panteras dormían, pero dormían con una parte de su ser alerta, como duermen los felinos, y con esa parte reconocían sus pasos sin necesidad de interrumpir el sueño. Ella murmuraba: "Todo está bien", como si lo dijera para sí misma, porque no le gustaba aparentar que estuviera haciendo un servicio a la manada. No era sirvienta de nadie. A fuerza de hablar así, más con el estómago que con la boca, se había vuelto ventrílocua. Su murmullo penetraba en el sueño de las panteras y ella, al no despegar los labios, conservaba su dignidad. Pero cuando pasaba junto a la huérfana, culpable de sus desvelos, cambiaba el "todo está bien" por la advertencia "si lo cruzas, nunca vas a regresar", y cuando la huérfana salía a sus paseos nocturnos, esas palabras, como un zumbido, volvían a alertarla junto al arroyo y ella se detenía y se quedaba con una pata en el aire, perpleja, preguntándose si las palabras venían de una boca ajena o del agua que corría a sus pies. Al agacharse hasta casi rozar la corriente, una noche, siguiendo la inercia del movimiento, penetró en el agua, avanzó hasta una piedra que estaba a mitad del arroyo y no se aguantó las ganas de dar un pequeño salto hasta la otra orilla.

La brisa cesó de golpe, igual que el ruido de los grillos, y también cesó el murmullo del río. Volteó hacia la pendiente de las acacias y no vio los ojos de la colérica que la vigilaban. Ni siquiera vio el agua que corría, como si aquel pequeño salto la hubiera lanzado a cientos de metros de distancia. Tal vez en la tierra de los leones los saltos medían un centenar de metros y se podía cruzar un valle en un segundo. Iba a saltar otra vez para comprobarlo, pero el aire le llevó un olor que ya conocía, un aroma familiar y antiguo que la hizo agazaparse en la hierba como cuando era una cachorra que su madre ocultaba de los leones. Algo se movió cerca de ella y vio a su izquierda las lumbres de unos ojos que la miraban. Sintió una contracción en sus vísceras. Se levantó y empezó a gruñir, lista para la lucha o la huida. El otro animal, inmóvil en la oscuridad, no se alteró en lo más mínimo, como si estuviera demasiado seguro de su fuerza. Era un león, pensó, un león centinela que ahora la castigaría por haber cruzado el arroyo que marcaba el límite de vecindad entre los dos grupos. Pero los ojos que la miraban no eran ojos de león. Un nuevo aletazo del olor de la bestia le produjo un reflujo en el vientre y reconoció el olor de su madre. Temblando, incrédula, avanzó unos pasos. El animal agachó la cabeza, le olió el pecho y se lo rozó con el hocico. Otras lumbres brotaron de las tinieblas y en unos momentos se vio rodeada por una horda de panteras oscuras, todas con el mismo olor dulzón de su madre, que era su propio olor, y se preguntó cómo habían logrado entrar en aquel territorio prohibido.

Decenas de hocicos en la oscuridad le tocaron las patas y el pecho y la olfatearon con movimientos delicados, como si fueran unas sombras más que unos seres vivos, pero retrocedieron un poco cuando ella se hizo más efusiva, apenas lo suficiente para que no pudiera tocarlas, sólo rozarlas, y de pronto, con el mismo sigilo, empezaron a correr en fila india, alejándose del arroyo, y ella no dudó en seguirlas, confortada por el orden y el silencio que guardaba la columna. Estaban corriendo en el territorio de los leones y el menor ruido podría ser fatal, y cuando ya no pudo mantener el ritmo y se fue rezagando, la manada se detuvo y esperó que descansara unos minutos antes de reemprender la carrera.

Viajaron así toda la noche, deteniéndose cuando ella se detenía y reanudando la carrera apenas veían que recobraba el aliento. Atravesaron todo el territorio de los leones, después cruzaron unas colinas y unos bosques, otras colinas y otros bosques, y ella, que nunca había corrido tanto, no perdió contacto con la manada gracias a ese olor antiguo y tonificante que borraba el cansancio después de cada pausa en el viaje. Pero si en esas pausas intentaba tocar o rozar a alguna de las panteras, éstas se retraían suavemente y ella se quedaba sola, separada del grupo. Y cuando los primeros rayos de luz aclararon las formas del camino, la columna se descompuso, perdiendo su cohesión nocturna, y las panteras, una por una, se separaron tomando senderos distintos. Sólo quedó una pántera delante de ella y durante un buen trecho corrieron juntas, pero

cuando ella volvió a bajar la velocidad, la otra no se acordó de esperarla y en breve la perdió de vista. Al ver que se le había ido, se paró en seco, incapaz de dar un paso más. Estaba rendida y el puro jadeo la mantuvo con la cabeza casi tocando el suelo. Buscó con los ojos las pisadas de la otra para ver qué rumbo había tomado y vio entonces que sólo estaban las huellas de sus pisadas. Habían corrido juntas y al parecer sólo ella había tocado la tierra. Y recordó que cada vez que hacían una pausa, al reanudar el viaje, el suelo estaba intacto. Un leve temblor le corrió por el lomo. Había corrido toda la noche detrás de una manada que no dejaba huellas y se preguntó si era eso lo que siempre había esperado su madre. Sólo algo tan desacostumbrado compaginaba con la naturaleza de su madre. Y nunca como ahora, siguiendo a esa manada, había tenido conciencia de su propio olor. Había corrido toda la noche detrás de ese olor y comprendió que había vivido en una horda que no era la suya. Cada vez que había estado a punto de desplomarse, ese olor le había inyectado nueva energía. Su madre nunca le dijo nada, pero le había enseñado a esperar, sabiendo, tal vez, que no viviría lo suficiente para ver aquello que esperaba y por eso le había encomendado esa tarea a ella, indicándole el rumbo del que tenía que aguardar a los animales que vendrían un día a sacarla de la horda de las acacias. Porque ahora, con el primer claror del amanecer, no le cupo la menor duda de que nunca regresaría. No sólo por la gran distancia, sino porque estaba irreconocible. Se había vuelto negra del hocico a la cola. Seguramente era eso lo que le había permitido cruzar la tierra de los leones sin ser vista. Y aunque hubiera corrido detrás de la manada, ahora que el viaje había concluido, sintió que había corrido extrañamente sola, acompañada por un olor, por decirlo así, más que por una horda.

2

Bajo las acacias del gran llano, las panteras pardas vieron los primeros signos de la sequía que se acercaba. El abrevadero donde tomaban agua se estrechaba con el paso de los días y dentro de poco quedaría sólo un pequeño charco que no tardaría en evaporarse, y la única señal de que había habido agua serían los carrizos de la orilla. La sequía estaría entonces en su apogeo y los grandes rebaños de cebras y de ñus habrían abandonado hacía varias semanas el gran llano en busca de tierras más húmedas. Sólo quedarían algunas gacelas, los facoceros, las liebres y la fauna menuda de roedores, ranas y serpientes. Los leones, incapaces de desplazarse detrás de los herbívoros para no perder sus territorios, empezarían a sentir el agobio del hambre. Y ellos también, una mañana, emigrarían, aunque fuera por poco tiempo, y las panteras sentirían al despertar una inexplicable ligereza en el aire, señal de que sus vecinos se habían marchado en busca de algún abrevadero hacia el norte.

Era la única época del año en que podían cruzar el arroyo, que ya estaba seco, e internarse en el dominio de los leones para echar un vistazo a esas tierras desde las cuales se vislumbraban en los días más luminosos, mirando hacia el sur, los macizos de unas montañas distantes varios días de camino.

Sabían que nunca se aventurarían hasta esos baluartes, porque al regresar de las montañas, suponiendo que pudieran llegar tan lejos, encontrarían el paso de los leones nuevamente cerrado y nunca se atreverían a cruzarlo con los leones aposentados en su cuartel. La sola idea les daba escalofríos. Así que penetraban en aquel territorio tímidamente, impulsadas más que nada por la curiosidad y el gusto de pisar la misma tierra y la misma hierba que los leones pisaban, y cualquier cosa que les perteneciera: unas huellas, una caca, un poco de pelo de sus melenas, recibía de las panteras una atención reverente, parecida a la actitud que entre los humanos produce la vista de monumentos de antiguas culturas. No tocaban nada, pero olían todo con fruición, creyendo inhalar así la esencia de sus vecinos y quizá algo de su fuerza.

Por supuesto, un grupo de la horda quería también emigrar al norte en busca de abrevaderos, y a éste se oponía otro que no quería moverse o prefería buscar aguajes en otra dirección, aduciendo que en la época de sequía todos los carnívoros se arrebataban las presas y cazar codo a codo con los leones no era la mejor manera de afrontar los meses de hambruna.

Terminaban por hacer lo que siempre hacían: no irse ni quedarse, fluctuando entre el norte y el sur, entre el hechizo de los

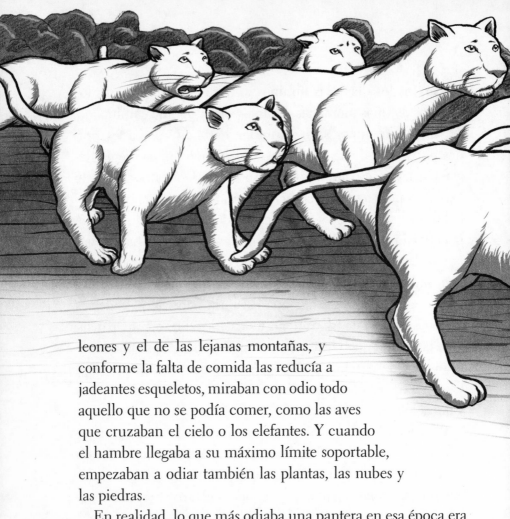

leones y el de las lejanas montañas, y
conforme la falta de comida las reducía a
jadeantes esqueletos, miraban con odio todo
aquello que no se podía comer, como las aves
que cruzaban el cielo o los elefantes. Y cuando
el hambre llegaba a su máximo límite soportable,
empezaban a odiar también las plantas, las nubes y
las piedras.

En realidad, lo que más odiaba una pantera en esa época era
a las otras panteras. Se echaban mutuamente la culpa por comer tan poco y en lugar de dedicarse a cazar lo que pudieran,
recurriendo a la pequeña fauna de roedores y serpientes que

nunca emigra, insistían en salir en grupo, complicando aún
más sus enredados planes de caza.

Tenían que acechar durante horas, cerca de los pocos aguajes que quedaban, la llegada eventual de una familia de facoceros o de un grupo de impalas. Los aguajes, conforme aumenta-
ba el calor, se estrechaban hasta volverse charcas menudas,

donde era imposible que la horda pudiera ocultarse. Los impalas y las gacelas de Thomson las detectaban fácilmente y se iban a buscar un abrevadero menos peligroso. Entonces, de regreso a su cuartel, cada pantera tomaba la firme resolución de hacer vida en solitario y abandonar la horda para siempre, pero al otro día esos propósitos de independencia se evaporaban más rápido que el rocío del pasto y el grupo seguía unido y malhumorado como antes.

Fue la colérica la primera que se dio cuenta de que los leones no habían tomado el camino del norte sino el de las montañas. Los vio partir de noche, y esa novedad, como todas las novedades, le produjo un mal sabor de boca. Sabía que esto espolearía a la horda a aventurarse por el nuevo rumbo y rogó que el rastro de los leones se borrara en la noche y nadie se enterara de nada. Pero no había viento ni lluvia que pudieran borrarlo, y al otro día, como había temido, la noticia se propagó en el campamento y hasta las panteras menos deseosas de moverse sintieron una atracción irresistible por seguir ese rumbo insólito. La manada se puso en marcha llena de entusiasmo, pero hacia el atardecer, cuando vieron que las huellas de los leones se dispersaban, señal de que sus vecinos habían tomado aquel rumbo a la ligera, como un antojo, se arrepintieron de haber abandonado el campamento. No habían encontrado ningún aguaje y al otro día tuvieron que decidir si regresar sobre sus pasos, a sabiendas de que las esperaría otra jornada sin una gota de agua, o seguir adelante, hacia las montañas, a ver si tenían mejor suerte.

Optaron por seguir, pero a mediodía un viento del oeste borró las pocas huellas que quedaban de la leonada. Su rastro visible había desaparecido. Se concentraron en el olor y un pequeño matorral las puso nuevamente sobre la pista perdida, hasta que alcanzaron una zona de hierbas altas donde el olor se había fijado con más firmeza. Eran sólo dos leones, un león joven y una leona madura, al parecer los únicos que persistían en viajar hacia el sur. Y cuando ese rastro se dividió en dos, señal de que también la pareja se había separado, la horda prefirió seguir la pista del macho, porque su melena dejaba un olor más fuerte cuando la bestia entraba en una zona de vegetación.

Siguiendo al macho, llegaron a cruzar un grupo de colinas, luego un bosque, después otras colinas y otro bosque, sabiendo que ya estaban condenadas a seguir adelante en busca de un abrevadero.

El león, joven pero ya pujante, seguramente había sido echado por el jefe de la manada, como suele ocurrir con los leones jóvenes cuando alcanzan cierto vigor, y la leona madura que lo había acompañado durante un breve trecho, último vínculo con el clan nativo, era probablemente su madre, que así había terminado de depositarlo fuera de la horda para que su vida no corriera peligro. Era la ley del clan. Los jóvenes leones tenían que abandonarlo y vivir en soledad, hasta que encontraran a un león macho en el declive de su fuerza a quien poder arrebatarle el cetro de su horda. O se hacían con ese cetro o tenían que seguir viviendo solos. Ninguna horda los aceptaba por lo que eran, jóvenes leones deseosos de incorporarse, fuera como fuera, a una manada. ¿Cuántos de ellos no habrían tenido ningún reparo en guardar una posición secundaria con tal de no vagabundear de horda en horda en busca de una oportunidad para hacerse de una familia propia? ¿Cuántos de ellos no habrían aceptado gustosos un papel de refuerzo, de ayudantía, mientras las condiciones no estuvieran listas para un relevo pacífico del poder, una vez que el líder de la manada, por cansancio, vejez o enfermedad (que entre los animales son casi la misma cosa), decidiera pasarles a ellos la pesada carga de la jefatura? Pero quizá semejante arreglo, a la larga, habría desvirtuado el carácter de los leones, acostumbrándolos a la espera de una oportunidad largamente codiciada y tornándolos astutos y tortuosos, con lo cual al cabo de unas generaciones acabarían sufriendo unos cambios no sólo emocionales sino físicos: por ejemplo una corpulencia menos sólida, más longilínea, acompañada quizá de la lenta extinción de la melena que, por su función intimidatoria, mal se ajustaría a la nueva naturaleza conciliadora y previsora de la especie. No, decididamente era necesario que su juventud fuera como era, difícil y a menudo desesperada, para que no se perdieran sus rasgos más preciosos y admirados: el arrojo frontal, la capacidad de improvisación y el desdén de todo cálculo.

Tal vez la expulsión del joven macho explicaba el desplazamiento insólito de la horda de los leones, que nunca se movía hacia el sur, y el panterío, que seguía su rastro, empezó a preguntarse si no había cometido un error irreparable. Durmieron otra noche lejos del campamento y al otro día avanzaron más despacio a causa del hambre y la sed, dejaron atrás las colinas y entraron en una extensa llanura que se perdía hasta la línea de las montañas, que ahora, después de tres jornadas de viaje, se recortaban con claridad en el horizonte. Entonces, cerca del ocaso, encontraron por fin una pequeña charca, un oasis, a juzgar por la gran cantidad de huellas de animales que había ahí, y bebieron hasta hartarse. Por si acaso llegara a abrevarse algún herbívoro, se escondieron un rato entre los matorrales, pero al ver que no venía nadie, retomaron el camino detrás de las huellas del león y no anduvieron mucho para encontrarlo. Estaba muerto, despedazado y todavía tibio, invadido por un enjambre de moscas, y a su lado el cadáver de una bestia gris del tamaño de una pantera, con la piel manchada, tenía el vientre abierto de un zarpazo, seguramente obra del león, o mejor dicho de lo que quedaba de éste, pues en gran parte había sido devorado por la horda a la que debía de pertenecer aquella bestia desconocida.

Nunca habían visto nada semejante. Las cuatro patas del león estaban arrancadas de cuajo. Se preguntaron qué animales eran esos que se atrevían a atacar a un león, destazándolo como si fuera un ñu o una cebra, y sintieron que se habían aventurado demasiado lejos. Quizá, cuando volvieran, los otros leones habrían regresado a su cuartel, el paso estaría cerrado y

se verían obligadas a deambular durante un año por una región que desconocían hasta que el paso se abriera de nuevo y pudieran regresar al campamento de las acacias.

Era hora de regresar. Aquello era una clara advertencia, como si el león despedazado representara el límite mismo del mundo, la señal de que más allá de ese punto empezaba algo siniestro y caótico, donde ninguna bestia habría de aventurarse.

Y sin duda, si no hubieran estado tan hambrientas, habrían

regresado en ese mismo instante y después, quizá, de vuelta en su campamento, suponiendo que pudieran llegar hasta ahí, se vanagloriarían de haber conocido el punto extremo de la Tierra, donde yacía un león despedazado, más allá del cual surgían los baluartes de las montañas que ponían fin a todo.

Pero ahora mismo podían ver que la tierra no se acababa ahí, que la llanura seguía y que las montañas quedaban todavía lejos. Y, sobre todo, tenían mucha hambre. Y la lúgubre, cuyo carácter poco amigable la había llevado en otra época a meterse en lugares frecuentados por otros animales penumbrosos que vagabundeaban lejos de sus hordas, resolvió en seguida el enigma de la bestia manchada:

—Es una hiena —dijo, y le bastó decir esa palabra para que la horda, que conocía a las hienas sólo de oídas, se fijara en que el cadáver del león había sido demolido a dentelladas, en un ataque furioso contra sus partes bajas, quedando de él, por decirlo así, sólo el piso de arriba; y ahora que por primera vez veían una hiena (de algo había servido llegar tan lejos), se sintieron decepcionadas ante su pequeña talla y sus miembros toscos; aunque, desde luego, no era lo mismo ver una hiena muerta, separada de sus compañeras, que una jauría de ellas lanzadas al ataque.

Así, cuando se alejaron de aquel lugar, para no quedar al descubierto, siguieron la línea de unos árboles que de tan cerrados daban una penumbra nocturna, hasta que llegaron a otra charca más pequeña que la anterior donde muchas ranas tomaban el último sol de la tarde sobre unas piedras cubiertas de musgo.

Y ahí, por la gran hambre que tenían, los renacuajos les parecieron más apetitosos que un rebaño de ñus y al instante decidieron acabar con ellos mediante una poderosa batida colectiva.

Un grupo se retiró a dos tiros de piedra del estanque para iniciar desde ahí una carrera en masa contra las ranas con el propósito de empujarlas hacia el grupo pertrechado en el cañaveral de la otra orilla. Fueron a colocarse en la posición convenida y el grupo de las acechantes se ocultó lo mejor que pudo entre las hierbas. A una señal, las atacantes se lanzaron en plena carrera hacia el abrevadero. Debido a su penoso estado físico, lo que empezó con una salida incontenible, a la mitad de la distancia era ya un trote flemático y su arribo a la orilla fue tan tenue que pasó inadvertido para los batracios, que siguieron tranquilamente sobre las piedras. Las otras panteras, ocultas en la orilla opuesta, casi no respiraban en espera de oír la estampida y el croar de los animalejos, pero a medida que pasaba el tiempo y nada ocurría, sospecharon que las atacantes las habían engañado para marcharse a otra parte. Sin embargo, por no echar a perder la emboscada, prefirieron no moverse. Las ranas, mientras tanto, se echaban sus clavaditos en el agua, salían para estirarse sobre las piedras, se zambullían de nuevo y volvían a echarse panza al sol. Una de las panteras ocultas, no aguantando más los piquetes de los mosquitos, salió de su escondite para echar un ojo y lo que vio fue lo siguiente: a las ranas disfrutando de los últimos rayos del atardecer y, en la otra orilla, jadeando del cansancio, al grupo de las atacantes.

Una vez más empezó la retahíla de los reclamos mutuos. Las atacantes acusaron a las otras de llevarse la parte más fácil de la empresa: el puro acecho, cómodamente instaladas en el cañaveral. Las acechantes, picoteadas por los mosquitos, dijeron que su trabajo era mucho más arduo que el de una simple carrerita para asustar a unas ranas. Lo de siempre. Cuando había pleitos, sacaban energías insospechadas y podían pelearse durante horas, cosa que también habrían hecho esta vez, si no hubiera sido por un ruido que las obligó a mirar hacia la espesura que crecía junto al agua. Vieron brotar de la maleza algo oscuro que cayó con un salto en medio de unos matorrales, haciendo que se estremecieran violentamente, y oyeron el jadeo pesado que sigue a la captura de un animal. Entonces dieron unos pasos para rodear los matorrales y apareció ante sus ojos un animal extraño, un felino negro del hocico a la cola, un gatazo como ellas que atenazaba con los dientes la garganta de una pequeña gacela de Thomson, jadeando con esa pesadez propia del animal que estuvo largo rato al acecho, conteniendo la respiración. Se adelantaron un poco más y el animal, sin dejar de jadear, soltó a la gacela, que se desplomó sin vida, y al verse rodeado por la horda empezó a gruñir, estirando las patas como si fuera a saltar, lo cual bastó para que la horda se quedara quieta. Ninguna, ante el vigor que mostraba, se animó a atacarlo para sustraerle la presa, así que el gatazo pudo arrastrar la gacela unos cuantos metros hacia la espesura. No era sólo el miedo. Su negrura, de tan intensa, hacía difícil medir su tamaño; los reflejos de la luz lo hacían ver muy grande y un instante después apenas mayor que un chacal. En ciertos movimientos la corpulencia y la delgadez se fundían en un solo aplomo perturbador y era cuando el animal parecía más negro, de un negro que nada tenía que ver con las tímidas negruras de los ñus o de los licaones; un negro que parecía condensar toda la fuerza y la astucia de las que un felino puede echar mano para sus propósitos. Fascinadas por esa brea profunda, no se movieron cuando el gatazo, cargando en vilo el cadáver de la gacela, trepó por el tronco oblicuo del árbol más cercano. Lo vieron subir hasta las ramas más seguras sin soltar la garganta del animal y cuando por fin abandonó el cadáver sobre una horquilla y volteó a verlas, jadeando por el esfuerzo, pensaron que, en el estado en que se encontraban, ninguna hubiera podido trepar a un animal de ese peso hasta aquella altura del árbol. "Como estamos ahora, ni una rana", pensó la lúgubre. En cambio, aquel gatazo lo había conseguido de un solo arranque y ahora las miraba desde la fortaleza de su sitial elevado. Lo vieron tenderse sobre las ramas al lado de su botín, estirando el cuerpo, y por la forma como se aflojó, por algo que reconocieron en esa postura, una sensación extraña las dejó por un instante aleladas. Pero permaneció poco tiempo en reposo. Como si algo lo hubiera llamado desde lo profundo del bosque, se puso de pie, brincó a una rama más alta, a otra más y, cuando ya no lo vieron, siguieron oyendo durante un rato sus saltos en el follaje, hasta que la calma volvió a reinar junto al árbol de tronco oblicuo.

Anocheció casi de golpe y las panteras, turbadas por la aparición del animal, se alejaron de aquella espesura hasta un punto situado entre los árboles y el abrevadero que les pareció el más prudente para pasar la noche. Pero no dejaban de mirar hacia el punto en que el gatazo negro se había escabullido, temiendo su reaparición en cualquier momento, esta vez en compañía de otros miembros de su especie, y decidieron elaborar un sencillísimo plan de vigilancia. Algunas de ellas se encargarían de atender con especial cuidado los olores, otras los ruidos y otras más cualquier cosa que se moviera. Las encargadas de los olores se dividirían en tres subgrupos: olores minerales, vegetales y animales; las encargadas de los ruidos, en dos: ruidos graves y agudos; y las encargadas de vigilar todo lo que se moviera, en formas rápidas y formas lentas. El procedimiento de alarma sería igual de simple: cuando una pantera percibiera algo extraño, daría aviso a su jefe de grupo. Por ejemplo, una de las panteras encargadas de atender las formas rápidas, al detectar algo que se acercara rápidamente desde el cielo planeando en la oscuridad (probablemente un ave de rapiña que buscaba llevarse a algún pequeñuelo de la horda), acudiría con su jefe y lo pondría al tanto de la situación. El jefe solicitaría la intervención del grupo de los olores, el cual acudiría para discernir si de la forma rápida emanaba un olor mineral, vegetal o animal. Si era mineral y venía del cielo, podría ser un meteorito y por lo tanto habría que echarse a correr; si era vegetal, sin duda un árbol se estaba cayendo sobre sus cabezas y entonces procedería avisar a todos; si era animal, faltaría averiguar qué ruido emitía, por lo que, retirándose el grupo olfativo, intervendría el acústico, que establecería si la forma rápida animal emitía un ruido grave o agudo, o ninguno. A continuación, los jefes de los tres grupos se reunirían para sopesar la situación en su conjunto y, con los datos en la mano, no les sería nada difícil discernir la naturaleza del peligro y dar oportunamente la alarma.

Los problemas empezaron a la hora de elegir los distintos cargos. Todas querían ser jefes de grupo y en la orilla del estanque se armó la bulla, cuando se suponía que tenían que guardar el mayor silencio. Entonces se oyó una voz proveniente de las ramas del árbol de tronco oblicuo:

—Pueden dormir tranquilas, están en mi territorio y nadie las molestará.

Todas las panteras levantaron la cabeza y dos bolas amarillas y encendidas les recordaron que el animal negro seguía trepado en el follaje.

—¿Fuiste tú el que habló?

—¿Quién más?

Todas se miraron boquiabiertas.

—¿Cómo es posible que hables el lenguaje de las panteras?

—Soy una pantera.

—¿Tú una pantera?

—Sí, ¿no se acuerdan de mí?

Las panteras volvieron a mirarse y todas negaron con la cabeza. Ninguna se acordaba de aquel animal negro. ¿Cómo olvidar un animal así? El gatazo dijo:

—A mi madre la mató el gran búfalo. Ella miraba siempre hacia el sur.

—¿Tú eres… la huérfana?

—Veo que se acuerdan.

—¿Cómo es posible? —exclamaron.

—He cambiado, pero me acuerdo de todas ustedes —y dijo los nombres de cada una, luego bajó suavemente por el tronco oblicuo y las panteras se acercaron a olerla, y el recuerdo de aquella hermana que creían muerta se imprimió en las fosas nasales de toda la manada. La colérica, que la había dado por muerta desde el momento en que la vio cruzar el arroyo de las acacias, era la más impresionada de todas. Sólo ella la había visto cruzarlo y no había dicho nada a nadie, ni siquiera a la lúgubre, por miedo a que cundieran ideas raras en la horda, tan dada a imitar cualquier cosa fuera de lo común.

—Es increíble —dijeron todas—, ¿cómo llegaste hasta aquí?

—Viajé toda la noche detrás de la manada silenciosa —contestó la huérfana.

—¿Detrás de qué?

—De la manada silenciosa, de las panteras que no pisan.

—¡Cómo que no pisan!

—No dejan huellas.

—¿Y cómo lo hacen?

—Corren una detrás de otra y pisan exactamente en el mismo lugar, así que cada una borra las pisadas de la que va delante, hasta que la última borra las pisadas de todas.

—¿Y quién borra las pisadas de la última?

—Yo era la última. Cuando amaneció sólo estaban mis huellas. Y mi piel había cambiado, se había vuelto negra. Fueron ellas quienes me volvieron de este color tocándome con sus hocicos.

—¿Con sus hocicos? —las panteras se miraron—. ¿Y dónde está esa manada?

49

—Nadie lo sabe, porque no deja huellas y se mueve sólo de noche. Es la manada silenciosa.

Las panteras miraron en redondo y se apretaron unas a otras.

—¿No andará por aquí? —preguntó una en voz baja.

—Aquí no tienen nada que temer —las tranquilizó la pantera negra, pero no pudo contenerse y se echó a reír.

—¿De qué te ríes?

En lugar de contestar, se rio más fuerte. Las panteras se miraron. De pronto se acordaron de su afición a la risa. La otra soltó una carcajada, trató de contestar y no pudo.

—Qué gracioso, ojalá pudiéramos reírnos todas —dijo una pantera.

La huérfana quiso hablar de nuevo, pero el chorro de risa le ganaba. Apenas pudo espetar:

—¡Las reconocí de lejos! —y se rio con estruendo, la cabeza agachada y los ojos ya llenos de lágrimas.

—¿De veras? ¿Y qué tiene de chistoso?

—Por la manera como... —y aquí la carcajada la dobló materialmente haciéndola rodar sobre un costado mientras un agudo escozor recorría la horda.

—¿Por la manera como qué?

—¡Como atacaron a las ranas! —exclamó contorsionándose como loca.

La horda esbozó una sonrisa tétrica:

—¿Qué tiene nuestro ataque a las ranas?

Pero la huérfana, tirada en el suelo con los ojos nublados, ya no podía hablar. Crispado en su amor propio, el panterío quiso que se la tragara la tierra y, mientras la miraban revolcarse, algunas se acordaron de que nunca les había caído bien. Esa vieja aversión se reforzaba ahora al comprobar su musculatura y su evidente lozanía. Les dio vergüenza su propio aspecto escuálido y agradecieron la noche que escondía sus tristes figuras.

—Nos afectó la hora poco propicia —dijo una de ellas cuando la huérfana dio señales de querer recobrar la calma.

—Y la dirección del viento —añadió otra.

—Y la inclinación del pasto —reforzó una tercera.

—Pues sí —dijo la huérfana, rendida ya, y con un largo bostezo, mirando el cielo, expulsó las últimas adherencias de risa que le quedaban.

—¡Cuánto hace que no me reía! —exclamó extasiada.

Algunas panteras tosieron y otras fingieron quitarse unas pulgas.

—Pues sí —contestaron las panteras, sin saber qué añadir.

—Y eso de ser negra ha de ser incomodísimo, ¿verdad? —dijo una con una punta de veneno.

—¿Incómodo? —contestó la huérfana sin dejar de mirar el cielo—. Una descubre que siempre fue negra sin saberlo y que para serlo de verdad sólo hace falta ir al corazón de la jungla y dejar de imitar a los leones.

Otro aguijón, más penetrante que el otro, se clavó en el amor propio del panterío.

—¿Cómo es eso de los leones?

—Pues sí —dijo la huérfana—. ¿A quiénes imitan en todo las panteras y para quiénes se lucen todo el tiempo? Para los leones.

—¡Qué ocurrencia! ¡Qué ridiculez! ¡Habráse oído! —se levantó el coro de protestas. Pero el aguijón había penetrado a fondo y se formó un silencio espeso como una nuez. Algunas volvieron a toser y otras le preguntaron, para cambiar de tema, qué había en el corazón de la jungla.

Con expresión de embeleso, como si hablara de un lugar único e indescriptible, la huérfana, que seguía tirada panza arriba, explicó que en el corazón de la jungla todo era reposo, calma y voluptuosidad. El clamor de la selva se interrumpía de golpe y era como entrar en otra selva más oscura y secreta.

—¿Y cómo se llega?

—Se llega y no se llega —contestó.

—¿Cómo es eso?

—Se entra y no se entra.

—¡He oído puras locuras! —exclamó una de las panteras más viejas—. ¡Una manada que corre pero no deja huellas, un lugar al que se entra pero no se entra!

—Sólo quien conoce la jungla puede entender lo que digo —la huérfana se puso de pie—. Y ahora, si me permiten, quisiera retirarme a merendar. ¿Quieren un poco de gacela?

—Ya comimos —declinó el panterío con el poco orgullo que le quedaba.

—Puesto que las vi cazando ranas, me imaginé que tenían hambre.

—¿Hambre? —graznaron todas juntas—. ¡Qué va! Lo de las ranas fue para entrar en calor, para estirar las piernas.

La huérfana se subió con un salto al tronco del árbol del que había bajado, dudó un instante y, antes de subir más arriba, volvió la cabeza y dijo:

—De día, las hienas cazan en la pradera, y cuando ellas cazan… no les gusta que otros lo hagan. Lo mejor es cazar de noche, cuando ellas duermen.

—¿De noche? Pero de noche no se ve nada —dijo una pantera.

—Si se ve sólo por ver, no se ve nada, pero si se ve para cazar, se ve mejor que de día.

—¡Otro acertijo! —exclamó la pantera vieja—. ¡De noche no se ve nada, pero si se sale con ánimo de cazar, caray, todo se ve perfectamente!

Pero la huérfana ya se había escabullido en la parte más alta y frondosa del árbol y, a juzgar por el ruido, estaba saltando de una rama a otra y quizá de un árbol a otro. Las voces de los grillos llenaban ya la oscuridad.

—No le preguntamos qué es lo que se caza de noche —dijo una de las panteras.

—En un lugar así, lleno de árboles, seguramente puros macacos —dijo la pantera vieja.

—¡Qué horror! —exclamó la lúgubre.

Algunas se acercaron al árbol y miraron hacia arriba, pero la huérfana había desaparecido.

—Se esfumó —dijo una, y no se atrevieron a llamarla para no atraer a otros animales.

—¿Se habrá ofendido? —insinuó otra.

—Quién sabe.

Miraron de nuevo, pero ya era de noche y no vieron absolutamente nada.

3

Algo cayó junto al árbol de tronco oblicuo y las panteras, que formaban una rueda compacta, se despertaron. La colérica, que para variar no se había dormido, fue la primera que caminó hacia el árbol y vio en el suelo el cadáver de la gacela que había cazado la huérfana, todavía intacto, excepto por unos trozos de carne arrancados a las patas traseras. Miró hacia arriba, pero no vio nada. Tal vez la otra, después de tirar el animal, seguía ahí, oculta en el follaje, invisible por su negrura. Porque era obvio que no se le había caído. Lo había tirado. Como sea, ella no comería ni un trozo de la gacela. Era carne cazada por una pantera negra y eso la volvía incomible. Unas panteras se acercaron atraídas por el olor de la sangre.

—Yo no comería de este animal —dijo la colérica.

—¿Por qué?

—Es carne que viene de los árboles.

—¿Y qué?

—Las panteras siempre hemos comido del suelo. Las panteras se miraron. Era verdad, siempre habían comido del suelo, pero ¿qué importancia tenía?

Toda la manada se congregó en torno a la gacela caída del árbol y la colérica observó que algunas, por la manera sinuosa de adelantar las patas y de tocar el suelo, ya imitaban a la huérfana. No se sorprendió. Desde que la había visto abatir a la gacela y subirla al árbol con sus movimientos certeros y flexibles, reconoció en ella, en su negrura que hacía más seductor su porte y añadía un toque de crueldad a sus movimientos, a su raza adversa, la que había cedido a la tentación de la altura. Sintió todo el hechizo que emanaba del animal y no dudó que la horda ya no volvería a ser la misma. ¿Acaso no había sentido, desde que vio a los leones tomar el rumbo de las montañas, que aquella nueva ruta era perniciosa? Y ese hechizo que exhalaba la huérfana, sólo ella sabía qué tan fuerte era. Se asentaba en cada árbol, ni más ni menos. Era la promesa de una vida más alada, más ubicua e independiente, que siempre había latido como algo casi inaudible en lo profundo de la horda y ahora se expresaba sin cortapisas en cada gesto de aquella media hermana que creían muerta. En el fondo, siempre había esperado este momento; ¿a qué otra cosa, si no, se debía su manía de vigilar y de estar siempre alerta, de la que todas, excepto la lúgubre, se burlaban? Había aguardado este momento y con sólo echar una mirada a la rueda reunida en torno al cadáver de la gacela supo a qué bando pertenecía cada cual. Tan bien las conocía, a fuerza de velar su sueño, que una simple ojeada a cada una le bastó para adivinar su inclinación. Ella, es cierto, tampoco amaba a los leones, por toscos y forzudos, pero admiraba su cordura que los hacía quedarse en lo bajo, retozando sin complejidades. Porque aborrecía las complejidades. Los mismos árboles eran complejos. Cuando miraba uno, el follaje le producía una vaga angustia. Tenía la superstición de que si se subía a un árbol, ya no podría bajar. Allá arriba se perdería para siempre. De algo no tenía duda: se moriría sin jamás subir a uno. Sentía que ésa era su fuerza: no elevarse, no encaramarse a nada, no abandonar nunca lo más bajo ni dar saltos inútiles.

—¿Qué hay de malo en comer carne caída de los árboles? —volvió a preguntar una de las sinuosas.

—Los leones nunca lo harían —contestó, en lugar de la colérica, una pantera vieja cuya cadencia conservaba, hasta en el más leve parpadeo, la postura clásica del gran llano.

—¡Los leones, siempre los leones! —exclamó la otra. Decenas de garras se dilataron fuera de sus estuches mientras un estremecimiento recorría la manada, y ésa fue tal vez la última cosa que tuvieron en común. Todas entendieron que la horda ya no era una, sino dos. De un lado las devotas de la andadura sin afeites del gran llano y, del otro, las aterciopeladas; de un lado el apego a lo bajo y a lo regular y, del otro, la invitación a treparse y elevarse. ¿Son compatibles estos dos impulsos? ¿No elige cada especie felina uno y desecha el otro? ¿O pueden unirse, como lo intenta el guepardo, que concilia el lebrel con el gato, el fatigante praderío con ese toque de levedad que tiene en todo lo que hace? Pero el guepardo, quizá el más rico en recursos, es también el más frágil y su versatilidad no deja de perjudicarle. Parece que no se decide a ser lo que es y muchos carnívoros le arrebatan sus presas, como vengándose de su adelantado diseño y de sus aptitudes superiores.

En eso, otro ruido proveniente de las ramas no les dejó ninguna duda de que la huérfana rondaba por ahí cerca y todas levantaron la cabeza, pero ninguna excepto la colérica y la lúgubre sabía mirar en la oscuridad.

—Es ella —dijo emocionada una de las sinuosas.

—Sí, está saltando de una rama a otra y de un árbol a otro. Estará visitando todas sus provisiones.

—Sí, y las que no le interesan, las deja caer —observó su vecina.

—En todos los árboles tiene algo guardado —dijo otra.

—Todo lo que caza —dijo otra más—, lo sube a los árboles para no perderlo.

—A lo mejor, allá arriba, la carne se pudre más lentamente.

—O tal vez no se pudre.

—O toma un sabor distinto.

—Tal vez un sabor ponzoñoso —insinuó una de las llaneras.

—Tal vez un sabor a paraíso —rebatió una sinuosa.

—Come un poco de aquí y un poco de allá.

—Una patita en un lugar y un poco de lomo en otro.

—Una costilla en este árbol y un espinazo en aquél.

—¡Qué maravilla!

—¡Qué horror!

—Nunca pasa hambre.

—Pero ésa no es vida de pantera —intervino otra llanera—, sino de mono.

—Shsssst, dejen oír, ya no se oye nada.

—Ya se fue.

Toda la horda aguzó el oído. Acostumbradas a la escasez de árboles de las praderas, aquella techumbre de ramas no les parecía muy recomendable. Sus garras se habían retraído y enfriado su impulso de lucha. Poco a poco la gacela muerta volvió a ser el centro de la atención.

—No es carne para nosotras —repitió la colérica, y empezó a alejarse al trote con un ritmo que era la perfecta antítesis del proceder sinuoso de la huérfana. La lúgubre la siguió en el acto y la cadencia ladeada de las dos, algo perruna, que resumía mejor que nada la vida en el gran llano y de la que se desprendía una absoluta devoción al terreno bajo, fue para la mitad de la horda un llamado más poderoso que el olor de la gacela muerta y no dudaron en seguirlas como si obedecieran una orden.

También el grupo de las sinuosas abandonó al otro día la charca de las ranas para buscar un mejor cazadero. Decidieron evitar la pradera abierta, aunque tampoco querían estar demasiado cerca de los árboles, así que desde el primer momento avanzaron de modo sinuoso, acercándose y alejándose de la vegetación, sin poder encontrar un punto medio que las satisficiera.

Mientras su nueva cadencia sinuosa las empujaba hacia las complicaciones de la espesura, su viejo instinto llanero les ordenaba mantenerse lejos de los árboles. Entre tanta indecisión, procuraron avanzar con extrema suavidad, poseídas por el recuerdo aterciopelado de la huérfana, y hubieran querido ser invisibles o por lo menos no dejar huellas, como la manada silenciosa de la que les había hablado la huérfana.

—¿Y si pisáramos todas en los mismos puntos? —propuso una.

Era una idea notable, que reflejaba el nuevo espíritu afelpado del grupo y evitaba que se quedaran de golpe sin imitar a nadie, ahora que ya no imitaban a los leones. Así que achicaron los ojos, tomando una expresión grave y angustiosa, propia de una manada a la que nadie ve y nadie oye, pero, como de costumbre, el aplomo les duró poco y empezaron a pelearse para ver cuál de todas encabezaría la columna. Parecía que lo más correcto sería colocar a la cabeza a la de patas más grandes, para que fuera más fácil para todas pisar donde ella pisaba; sin embargo, las de pie chico opinaron que en lugar de abrir la fila, la patiancha debía ser la última, para que corrigiera los inevitables errores de las otras. Todo esto lo contamos en tres líneas, pero provocó interminables discusiones. Por fin prevaleció la idea de que sería mejor que la que marchara al frente dejara las huellas más vistosas y así, fijado el lugar de cada una, el panterío se puso en camino.

Lo que parecía una empresa delicada, se vio de inmediato que era harto espinosa, pues todas tenían un ritmo propio y una distancia entre sus patas que las otras no tenían. "¡Un-dos, un-dos!", pitaba la de adelante, pero ninguna pisaba en el lugar correcto. Mandaron a la de patas anchas hasta atrás, luego otra vez adelante, luego en el medio, luego adonde quisiera, y a media tarde encontraron una cadencia más o menos sincronizada, pero tenían que ir casi a un tercio de su velocidad habitual y no podían despegar los ojos del suelo, así que apenas se fijaban en dónde iban y perdieron jugosas ocasiones de caza, como cuando pasaron junto a un rebaño de cebras que confundieron con unas rocas o como cuando llegaron a saltar sobre un gran ñu moribundo que tomaron por un tronco quemado.

Al declinar el día, un poco por no tener nada en el estómago y un poco por mirar fijamente el suelo, todas tenían alucinaciones. Cada vez que hacían un alto para descansar, permanecían como sumidas en un trance, con los ojos desorbitados mientras esperaban reanudar la marcha como una jauría de perros.

La línea de los árboles, que era su punto de referencia, se había convertido en una cinta de vegetación alta y exuberante. Al atardecer se toparon con un abrevadero y cuando un ruido les hizo levantar la cabeza y vieron sobre la gruesa rama de un árbol a la pantera negra, ya casi invisible en la poca luz que quedaba, tardaron en reconocerla.

Echada sobre un elevado cruce de ramas, la alquitranada parecía un engrosamiento del tronco y sólo la lumbre de sus ojos delataba su naturaleza. Se puso de pie y empezó a caminar entre los extremos de la rama, pisando en los mismos puntos con una perfección matemática. Saltó hacia una rama más alta, luego hacia otra más arriba, llegó casi a la cima del árbol y desde ahí se dejó caer de rama en rama hasta regresar al cruce de ramas de abajo, como si estuviera dando una clase de equilibrismo.

Volvió a pisar exactamente en los mismos puntos con las cuatro patas, luego se trasladó a otro brazo del árbol, lo recorrió hasta que la rama se dobló bajo su peso, flexionó las patas y con un breve impulso salvó el pequeño vacío que la separaba del árbol de al lado, donde aterrizó sin ruido. Recorrió también la nueva rama y con otro salto suave la abandonó para caer en el árbol de al lado y así, de salto en salto, empezó a trasladarse de un árbol a otro, mientras la horda se internaba en la jungla para no perderla de vista, cautivada por esa forma de no dejar huellas que consistía en pisar las ramas de los árboles.

Hasta ahora los árboles les habían parecido unas cosas inútiles, unas curiosidades sin objeto, pero al penetrar en la jungla intuyeron que aquel desorden aparente abrigaba una secreta armonía, con derroteros propios y remansos profundos.

Perdieron de vista a la huérfana y en algún momento supieron que había abandonado las alturas, porque la vegetación inferior estaba impregnada de su rastro. Empezaron a separarse por la dificultad para mantenerse unidas en la maleza del sotobosque, y sólo cuando estuvieron solas pudieron ver claramente en aquel alud vegetal las veredas de caza con sus infinitas ramificaciones, pletóricas de promesas. Algunas, sin embargo, en lo más vívido del verdor, añoraron, por una especie de coquetería, los grandes llanos, y perdieron el hilo de la espesura. Y cuando buscaron hacia atrás sus propias pisadas para salir de aquel laberinto, la intensa vida nocturna del sotobosque las había ya borrado. Quisieron reanudar la carrera, pero también esa pista era irreconocible. Al detenerse, se habían perdido.

Agobiadas por el cansancio, se desplomaron, y la huérfana, que era la única que podía hacer algo por ellas, ya estaba lejos, pues al verlas rendidas, sabiendo que esa misma noche serían devoradas por las pitones y las boas, se desentendió de su suerte y regresó a lo profundo de la espesura, donde las otras, que seguían corriendo en la oscuridad, sentían que una emoción nueva les lavaba el cansancio de la pradera. Los árboles, que siempre les habían parecido un territorio estéril, formaban un vergel de caza donde se podía cazar a solas, sin obedecer las órdenes de nadie ni acatar planes previos, que era lo que siempre habían deseado: cazar con todo el cuerpo, obedeciendo el dictado interior y las corazonadas del momento. Y creyeron adivinar, al fin, para qué servían los árboles. Para liberarse de las hordas. Y sus movimientos, ahora, tenían un toque aterciopelado que parecía haber esperado una oportunidad para salir a flote y, desde el primer salto que dieron entre las ramas, una suave calentura, como un entumecimiento de la piel, les avisó que su pelo se estaba oscureciendo.

Los chimpancés comprendieron que se avecinaban tiempos duros. El olor de la horda no dejaba dudas. Eran cazadores. Vinieran de donde vinieran, bastaría que uno solo probara su carne para que toda la horda se aposentara en la selva. Su única esperanza era que pasaran de frente sin reparar en ellos. Entonces abandonarían la jungla para siempre. Pero si un solo chimpancé se dejaba atrapar, la horda de cazadores se establecería definitivamente en aquel lugar. Un pequeño error, una distracción mínima y el gran edificio de la vida sosegada se vendría abajo. Ya nada sería lo mismo. Ninguna rama sería completamente

segura. Vivirían en constante alerta, día y noche, porque en cualquier punto y en cualquier momento los podrían devorar. Sus sentidos se afinarían y en todos sus quehaceres calcularían sus movimientos para no derrochar energías inútilmente. La ley de la caza imperaría también en el pacífico reino de los árboles. Los propios árboles serían distintos. Cobrarían formas diferentes según las posibilidades de ocultamiento y de fuga que ofrecieran en caso de ataque de los cazadores. Ciertos árboles serían preferidos a otros y algunos serían evitados cuidadosamente por no ofrecer suficiente protección. Empezarían entonces a pelearse por los mejores árboles y buscarían moverse lo menos posible para no perderlos. Se acostumbrarían a vivir en el mismo lugar, donde se sentirían relativamente seguros, y ya no se atreverían a recorrer la jungla como antes. Se volverían hoscos y taciturnos, envejecerían deprisa y, una vez viejos, representarían una presa fácil para los cazadores. Ya nada sería lo mismo. Su única esperanza, pues, era que la horda pasara sin verlos y cruzara la jungla sin sospechar siquiera que existían. Entonces todo volvería a ser como antes, es decir como ahora, y no habría un solo rincón hostil en la selva y todos los árboles serían el mismo árbol. Ahora mismo no podían distinguir un árbol de otro; es más, nunca habían pensado en los árboles, nunca habían dicho "esto es un árbol", la jungla era un árbol enorme que se ramificaba sin cesar y ellos la atravesaban libremente, olvidándose de un sitio en el momento mismo que lo abandonaban, de modo que nunca decían "vamos a tal lado", o "regresemos a tal parte", porque todo, en la jungla, tenía el mismo sabor y profundidad, y por eso nunca habían conocido sus límites; de hecho, ignoraban que la jungla los tuviera, ni siquiera les rozaba la idea de que la jungla pudiera terminarse y que hubiera otra cosa fuera de ella. Pero ahora ya lo sabían. Por eso rogaban en secreto que la horda de cazadores la cruzara a todo lo largo hasta salir de sus dominios. Y, viéndolo bien, viniera de donde viniera la horda, venía de otra parte, y a esa otra parte podía volver cuando quisiera y desde ahí podría regresar a la jungla también cuando quisiera. Así que ya nada sería lo mismo. Aunque la horda cruzara la jungla sin cazarlos, por el simple hecho de cruzarla, por dejar en ella su olor de muerte, la vida ya no volvería a ser la de antes. Ese olor, ¿desaparecería alguna vez? En los lugares donde cruzara la horda, ¿sería posible transitar en el futuro sin sentir un estremecimiento de miedo? ¿Qué padre o qué madre no se sentiría obligado a advertir a sus hijos que tuvieran cuidado cuando anduvieran por esos sitios? Y al señalarles que había sitios de peligro en la jungla, ¿podría volver a ser la jungla esa extensión cálida y sin fracturas que había sido hasta ahora? ¿No empezaría cada cual a buscar en ella un lugar más abrigado y a defenderlo con denuedo para asegurar a su prole una vida mejor? Así, aun suponiendo que la horda pasara de frente y saliera de la jungla, el recuerdo de su paso no podría borrarse. ¿De qué valía entonces que la atravesara sin detenerse si de todos modos aquel rastro de muerte sería advertible en cualquier punto? Con el tiempo, no nos hagamos los tontos, cualquier olor podría evocar ese rastro, de manera que jamás sabrían con certeza en qué momento estaría próximo el peligro, pues atribuirían a cualquier cosa la amenaza de la horda y acabarían por ver hordas en todas partes. ¿No sería mejor entonces que la horda se quedara en la jungla y ellos se familiarizaran con sus costumbres hasta saber a ciencia cierta qué era lo que tenían que temer y lo que no? ¿No sería ésa una vida más justa y llevadera?, pues ¿qué derecho tenía la horda, después de cruzar sus dominios, de desaparecer sin más, dejándolos presa de una inquietud terrible que sólo podría aplacar la llegada de otra horda, a la que esperarían con temor, desde luego, pero también con un oscuro anhelo, prefiriendo al fin y al cabo enfrentar una amenaza concreta que padecer un terror difuso? Es más, ¿estaban seguros de que en el fondo no habían hecho otra cosa que esperar una horda que viniera a despertarlos de su metódico mareo, de su vida hecha de ciegos recorridos por la jungla en busca de un verde más oculto y profundo? ¿No habían esperado precisamente la aparición de un enemigo que diera a cada cosa su justo peso y relieve? ¿Qué esperaban entonces para anunciar su presencia antes de que la horda de cazadores pasara de largo y saliera para siempre de la jungla?

El grito de los chimpancés cimbró troncos y raíces. Cimbró cada planta y cada cosa que se movía. La horda de panteras se detuvo, alzaron la vista hacia las ramas y vieron a los que serían de ahí en adelante sus presas favoritas. Cazadores y presas se reconocieron en el corto silencio en que la jungla se reordenó hasta el más mínimo brote vegetal y otro grito de pánico estalló en las alturas cuando las panteras negras empezaron a trepar a los árboles.

Al otro día de abandonar la charca, la colérica y las otras siguieron un camino alejado de la vegetación. Caminaron todo el día y al atardecer algunas estaban arrepentidas de no haberse alineado con el bando de las sinuosas. Ahora, por lo menos, tendrían algo de comida en el estómago. La pantera negra, con toda probabilidad, les habría tirado otra de las presas que tenía guardadas en los árboles. Estaban seguras de que todos los árboles rebosaban de comida de las panteras negras. Bastaría colocarse debajo de uno y esperar un rato para ver caer un trozo jugoso de cebra o de ñu. Así, cada vez que la colérica rodeaba un grupo de árboles que encontraban en el camino ("Ahí ha de estar lleno de negras", decía) gruñían del disgusto y si oían un ruido proveniente de la espesura, juraban que acababa de caer otro pedazo de carne.

Cuando empezaba a oscurecer, atravesaron una extensión donde era necesario desviarse para rodear unas islas de hierba muy alta. Mientras rodeaban una de esas islas, algo se movió en la maleza y el viento les llevó el olor de un joven impala. Se agazaparon y la colérica y la lúgubre rodearon la isla de vegetación para situarse al otro lado. Vientre a tierra, se acercaron al impala por detrás. El viento, que seguía soplando en la misma dirección, llevó al impala el olor de sus verdugos, y el animal, todavía inexperto, en lugar de quedarse quieto en el fondo pantanoso del herbazal, saltó afuera y se encontró con la barrera de las otras panteras que le cerraban el camino.

Dio un brinco espectacular a su izquierda para eludir la trampa, pero una pantera lo alcanzó en el aire con un zarpazo en las patas traseras. El impala dio unos cuantos tumbos y ya no se pudo levantar, porque la misma pantera lo derribó con otro zarpazo y el panterío se le echó encima. La colérica y la lúgubre, encharcadas en el fondo del pantano, remontaron la pendiente para unirse al festín, justo cuando, proveniente de la línea de los árboles, en la luz ya mortecina del ocaso, la horda vio a otra horda, más numerosa y de color gris, que avanzaba hacia ellas abriéndose en círculo.

No hubo necesidad de preguntar qué animales eran. Se acordaron del animal muerto que habían encontrado junto al león despedazado y un súbito estremecimiento les arqueó el lomo.

El impala había dejado de respirar y las panteras vieron que de la misma arboleda de la que habían salido las hienas, otro grupo iba a unirse al grueso de la horda.

—Debimos hacer caso a la huérfana y no cazar de día —dijo una de las jóvenes.

Cerraron filas para presentar un solo frente, mientras la horda gris, mucho más grande, se acercaba sin alterar su trote, demasiado segura de su fuerza para tener dudas. Las hienas estrecharon el círculo y una ráfaga de viento les llevó su olor a las panteras cuando las dos hordas se encontraban a menos de cien metros. Entonces las hienas aumentaron la velocidad y las panteras, presas del nerviosismo, se desunieron, rompiendo la rueda compacta que era su única esperanza de resistir el ataque. Cuando la horda de piel gris estuvo a unos pocos metros, se apretujó formando un muro de cabezas; el panterío no aguantó el impacto y una gran polvareda se levantó en el punto del choque. Cada una se vio rodeada de varias hienas, que empezaron a morderles las patas para derribarlas, igual que hacían con las cebras y los ñus, y cuando una pantera perdía el equilibrio, las hienas se le montaban encima aplastándole el vientre y ahí mismo la despedazaban arrancándole las patas de cuajo.

La mayoría fue aniquilada en cosa de minutos y sólo unas cuantas, sangrando de sus heridas, entre ellas la colérica y la lúgubre, pudieron replegarse hacia el fondo pantanoso del her-

bazal, donde se quedaron inmóviles y casi sin respirar, esperando que de un momento a otro vinieran a rematarlas.

No se movieron en toda la noche y tampoco después, cuando dejaron de percibir el olor de la horda, se atrevieron a sacar la cabeza de su escondite, pues tal vez las hienas se habían simplemente retirado hacia los árboles, esperando que abandona-

ran el herbazal para darles alcance, así que no fue hasta el amanecer del otro día que se atrevieron a salir del pantano. Al
parecer, las hienas se habían marchado, dejando incluso sin
terminar los restos del joven antílope. Ellas limpiaron el esque-
leto de todo residuo, levantando a cada rato los ojos para vigilar
la arboleda, y se pusieron en camino rumbo a las montañas,

buscando la protección de esos baluartes para sanar de sus heridas; y cada vez que encontraban un tramo de maleza que podía encubrirlas, aprovechaban para hacer un alto, y si veían un árbol o una mancha de árboles, la colérica, que encabezaba el pequeño grupo, empezaba, como era su costumbre, un rodeo para eludirlos, pues donde había árboles podría haber hienas o panteras enemigas.

Después de cazar los primeros chimpancés, las panteras que corrían detrás de la alquitranada comprendieron que nunca regresarían al gran llano. Ese mundo quedaba lejos, lo recordaban como un sueño y algunas empezaban a dudar si no había sido eso, un largo sueño del que finalmente habían despertado.

Ahora preferían desplazarse entre las ramas que correr por el sotobosque y, al moverse en el piso superior de la jungla, entre los árboles, sintieron que seguían otra vez a la huérfana. En realidad la habían seguido en todo momento, aun en medio de la cacería. Sabían que la huérfana era el anillo que las unía y por eso, porque se sentían todavía parte de una horda, corrían tras ella. El ramaje se volvió más tupido, obligándolas a correr más juntas, y el grupo se recompuso. La jungla parecía reconcentrarse en vista de un esfuerzo superior, como si tuviera que sortear un obstáculo de importancia. Ellas corrían de nuevo en fila india y dos o tres árboles antes del barranco, el viento y el estrépito que subían del río turbulento les avisaron que había que saltar. Entonces, sin pensarlo, confiando en la huérfana, saltaron todas del mismo árbol para librar el precipicio, y algunas, las más ágiles o con más suerte, aterrizaron sobre la rama prominente de otro árbol situado en la orilla contraria; pero otras, tal vez la mayoría, no lo hicieron con el suficiente arrojo y se despeñaron por aquella garganta hasta estrellarse contra las rocas invisibles de abajo.

Las pocas afortunadas continuaron internándose en la parte elevada de la jungla y notaron el sorprendente silencio que reinaba en esa nueva parte del bosque. Los chimpancés, que eran la causa principal del ruido de la selva, habían desaparecido. Ninguno de ellos hubiera pasado el precipicio que ellas acababan de cruzar de un árbol a otro, y era probable que desde la primera señal del clamor que provenía del río se replegaran prudentemente hacia otros derroteros.

Comprendieron que un lugar así, en el que era tan arriesgado entrar, no abrigaría presas de ningún tipo. No era un lugar de caza, y el aire, cortante y liviano, que se resentía de la proximidad de las montañas, no parecía estar hecho para transportar olores y ruidos, sino algo más leve: susurros y quejas. Oyeron un clamor que se acercaba, como el de un incendio que tuviera lugar en algún punto remoto y se estuviera expandiendo. Así se oye el fuego que se apodera del bosque y trepa por los troncos hasta ganar las cimas de las frondas. La huérfana dejó de correr y cuando las otras la alcanzaron, estaba en el extremo de la rama de un árbol y miraba delante de sí con unción y recogimiento. Ellas también miraron. Entonces comprendieron a qué se debía aquel bramido suave parecido a un principio de incendio. Cientos de panteras negras, con su pelo reluciente bajo la luz de la luna, charlaban acaloradamente en pequeños grupos sobre las ramas, y cuando las vieron, algunas, con un imperceptible movimiento de la cabeza, les dieron la bienvenida.

No todas eran iguales. Unas eran más gruesas que otras, algunas tenían el hocico más afilado o las patas más cortas o la cola más larga, señal de que venían de lugares alejados entre sí, y por los cientos de murmullos que llenaban el lugar, las recién llegadas, después de que cada cual se hubo acomodado en una rama de su gusto, comprendieron que todas las que estaban ahí se habían desprendido en algún momento de una manada de panteras pardas.

Ahí, por lo visto, se juntaban a hablar. Acudían de selvas distantes para volver a probar el placer de la plática, que su nueva vida en solitario les impedía tener. Recorrían kilómetros y kilómetros con ese único propósito. Por eso, en ese sitio, nadie bajaba de los árboles. Estaba prohibido. Se llegaba a él por las ramas y se le abandonaba de la misma manera. Ahí se descansaba de la caza y del suelo; tal vez por eso la huérfana había dicho que se llegaba a él sin llegar y se entraba en él sin entrar, porque nadie lo había pisado nunca. Cuando volvían a tener hambre, se iban, pensando en el gran salto que tendrían que dar para cruzar el barranco que rodeaba aquel sitio por todas partes, haciendo de él una isla en el corazón de la jungla. El recuerdo de ese peligro que las esperaba de regreso no las abandonaba nunca del todo, tiñendo de cierta inquietud su permanencia en ese paraje de solaz y descanso. Y esa misma inquietud daba a sus palabras y conversaciones un valor particular, porque les recordaba que habían llegado ahí sólo para estar juntas.

Hablaban, quien más, quien menos, de lo mismo: de la fatiga que les había costado separarse de sus manadas llaneras, que tenían una irreprimible inclinación por imitar a otros carnívoros. Había panteras provenientes de panteríos que estaban deslumbrados por los guepardos, por las hienas, por los licaones, por los chacales, etc., y las características físicas de cada una se debían a la inclinación que había tenido su manada de origen. El mayor o menor grosor de la cabeza o de las patas, la diferente longitud y forma del hocico, la tendencia a arrastrarse y otros rasgos peculiares indicaban a qué especie habían admirado antes de convertirse en panteras negras. Y ahora que respiraban hondo, sintiéndose libres, experimentaban todavía, al hacer ciertos movimientos, la sensación del esfuerzo con que habían emulado el ritmo y los gestos de otros animales. ¿Sería por eso que todas se habían vuelto negras, como si el negro, en la naturaleza, fuera un remedio para los momentos de mayor insatisfacción y desvarío, algo como un regreso apresurado a la raíz para liberarse de los colores y de los gestos inútiles, a fin de encontrar la verdadera vocación propia?

Quién sabe.

—No se imaginan ustedes —decía en ese momento en voz alta una pantera— qué tormento es imitar a los cocodrilos. Todo el día vientre a tierra, horas y horas sin moverse bajo el sol, o arrastrándose sobre las piedras. Un verdadero infierno, ¡con lo bien que se está encima de un árbol, a la sombrita!

—No me hablen a mí de arrastrarse —replicó otra que había pertenecido a una manada que imitaba a las boas. Su cuerpo longilíneo, sus patas contraídas y sobre todo su manía de doblar la cola hacia la izquierda mientras movía la cabeza hacia la derecha, formando con su cuerpo una "ese", no dejaba dudas sobre qué animal las había subyugado.

—¡Eso no es nada! —clamó otra desde lo alto del ramaje—. Quiero verlas imitando al pirguidí.

—¿Al qué?

—Al pirguidí.

—¿Y qué es el pirguidí?

—¿No saben qué es el pirguidí?

—No —contestaron todas las panteras.

Azorada, creyendo que le estaban tomando el pelo, la pantera se dirigió a las que acababan de llegar:

—¿Ustedes saben qué es el pirguidí?

El grupo de las sinuosas se miraron entre sí y negaron vigorosamente con la cabeza. Nunca habían visto a un pirguidí.

—¡El pirguidí! —exclamó con rabia la pantera, poniéndose de pie.

¿Hay cosa peor que haberse pasado la vida imitando a un animal que nadie conoce?

—¡El pirguidí! —volvió a repetir, y cuando le pidieron que les describiera el animal, ella, bien porque no se sentía capaz de hacerlo o bien porque lo considerara una petición humillante, sólo alcanzó a gritar con lágrimas en los ojos—: ¡El pirguidí! ¡El pirguidí! —poniendo en esa palabra toda la indignación de que era capaz, como si con ella pudiera al fin despertar en todas el recuerdo del pirguidí. ¿O es que acaso se había pasado la vida imitando a un animal inexistente, a un espejismo fruto de los violentos contrastes de luz y sombra que a veces ocurren en la pradera?—. ¡El pirguidí! ¡El pirguidí! —gritó con la voz quebrada de la desesperación, como quien descubre de golpe que toda su existencia se ha ido entera por un agujero.

Las otras dejaron de hacerle caso y ella, avergonzada y rendida, guardó silencio, recostándose en su rama con un semblante fúnebre. Entonces otra pantera, que había estado cuchicheando con la huérfana, viendo que las sinuosas habían mirado todo con aguda desazón, se acercó y les dijo:

—No se preocupen, la pobre está loca. Cada vez que llegan unas panteras nuevas sale con lo del pirguidí, a ver si por fin

alguna pantera le dice que vio a uno. Nosotras le damos un poco de cuerda para divertirnos, después se queda tranquila y no molesta a nadie.

En efecto, en los días siguientes aquella pantera apenas volvió a abrir la boca, no participó en ninguna conversación y permaneció ensimismada en su lugar. ¿Pensaba en su animal misterioso que no quería o no podía describir y que tal vez sólo vivía en las praderas de su mente? Quién sabe. Como sea, era la única pantera, en aquel lugar de incesantes vaivenes y de

continuas llegadas y despedidas, que se había ganado un apodo fijo. La pirguidí.

Debido a la lentitud y circunspección con que avanzaban, las pardas tardaron tres días en cruzar el valle y en ese tiempo lo único que cazaron fueron un ratón y dos lagartos. Luego el terreno empezó a subir y las últimas acacias dejaron paso a una vegetación más exuberante. No habían contado con la poblada espesura que cubría la base de la cordillera y cuando oyeron los primeros gritos de los monos y de los pájaros, comprendieron que acababan de entrar en la selva húmeda que cerraba el acceso a las montañas. Era el camino obligado para alcanzar las faldas rocosas y estuvieron a punto de volver atrás, pero el recuerdo de las hienas que imperaban en los pastizales las hizo proseguir por ese terreno en el que se sentían indefensas.

Unos pequeños y aterradores claros en medio de la espesura interrumpían el cobijo vegetal y el grupo hacía acopio de valor para cruzarlos, sintiéndose observado por mil ojos. Aquí y allá surgían también inexplicables claros de silencio, como si una orden de callarse, dada quién sabe por quién, cruzara toda la selva y nadie osara contradecirla. En esos pasmos generales que duraban unos segundos, como si la selva tuviera que tragar algo que le era necesario para vivir, se podía, poniendo atención, oír un latido regular y profundo, un fluir lejano, como una hemorragia que consumiera lentamente la espesura. Después, conforme siguieron avanzando, ese ruido se hizo más perceptible y las pardas, que penetraban a ciegas en el sotobosque, acabaron por tomarlo como referencia para no perderse.

Al cabo de unas horas, cuando bajó la noche, el follaje se espesó arriba de sus cabezas, desaparecieron los claros y el ruido del agua opacó cualquier otra palpitación. La colérica y la lúgubre, que estaban más avezadas a la oscuridad, iban delante, y al oír aquel bramido, supieron que les esperaba un trance difícil. En cosa de minutos llegaron al barranco en cuyo fondo corría un río revuelto que a la luz de la luna parecía todavía más lóbrego. De ahí venía el latido que ensombrecía la selva y a todas les bastó una mirada para saber que era imposible que lo cruzaran de un salto. Pero arriba, en algunos puntos, las frondas aminoraban la distancia entre las dos orillas y comprendieron que sólo de ese modo, a través de las ramas, podrían cruzar. Voltearon hacia la colérica, que dijo: "Lo sabía", como si se cumpliera para ella una cita largamente postergada. Luego buscaron el punto más estrecho entre ambos bordes y la lúgubre no tardó en encontrar un árbol cuyos brazos colgaban un poco más lejos sobre el precipicio. La colérica quiso subir primero y no lo hizo tan mal, considerando su aversión a las alturas, pero era evidente que luchaba por no tirarse al barranco y acabar ahí mismo sus días. Todo su orgullo, todo el sentido de su vida descansaba en un solo precepto fundamental: no ceder al llamado de la elevación, de cualquier clase que fuera: roca, árbol o colina. Cada roca que había rodeado y cada árbol al que no había subido la habían hecho sentirse más dueña de sí misma. Y ahora estaba encaramada en uno y la lúgubre desvió la mirada para no aumentar su pesadumbre. Pero al alcanzarla arriba de la rama, se sorprendió de no ver en ella ninguna mueca de disgusto, sino una velada emoción, casi una expresión pueril de regocijo, y aunque no le agradó descubrir esa blandura en su compañera, siguió mirándola de reojo, atraída, a pesar suyo, por esa súbita transformación.

Cuando las demás panteras subieron al árbol, la colérica avanzó hasta la punta de la rama y midió la distancia hasta otra rama que sobresalía del árbol más próximo de la orilla contraria. Atrás suyo, la lúgubre y las otras retuvieron el aliento. Ella sintió una embriaguez que nunca había sentido y quiso prolongar ese instante. Sólo ahora, en ese trance difícil, le pareció que cobraba sentido su larga aversión hacia los árboles. Su ayuno de altura confluía en este salto, como si cada salto que no hubiera dado anteriormente regresara ahora para aportar su gramo de energía y hacer posible éste, que era el único salto que importaba.

Esa revelación la calmó; nunca se había sentido tan tranquila y cuando flexionó las patas no tuvo la menor duda de que lo lograría. Al saltar, su cuerpo relumbró bajo la luna y la rama se disparó hacia arriba, cimbrándose todo el árbol, mientras ella alcanzaba la rama del árbol contrario, que la recibió con igual estremecimiento. La lúgubre, para aprovechar la buena disposición del destino, se apresuró a imitarla, se columpió en el extremo de la misma rama y saltó lo mejor que pudo. Las otras panteras, que no podían ver más allá de sus narices, supieron que había cruzado por el ruido del follaje del otro lado, y cuando la primera de ellas alcanzó el mismo punto y se dispuso a saltar, no pudo calcular la distancia. De modo que se lanzó a ciegas. Y ninguna rama del otro lado estuvo en el sitio justo para recibirla. Cayó, estrellándose sobre las piedras del río, y el estruendo de las aguas cubrió el terrible impacto. Las demás, dudando de si lo había logrado o no, se lanzaron de la misma forma, una tras otra, y ninguna fue recibida por el ramaje de la otra orilla. Y cuando la colérica se asomó al borde y miró hacia abajo, al ver la gran cantidad de cadáveres sobre las piedras, no tuvo la menor duda:

—Otras han cruzado en este mismo punto —dijo.

—¡Sí, qué horror! —contestó la lúgubre.

Las dos se internaron cuidadosamente entre los árboles, alejándose del ruido del agua, y repararon en el curioso silencio que albergaba la nueva espesura, un silencio que parecía emanar

de cada tronco y de cada hoja como algo aposentado ahí desde el principio. Todo estaba silencioso y sólo de vez en cuando el ruido de una rama quebrada señalaba la existencia de un animal, quizá un roedor o un pájaro, pero a medida que prosiguieron, un fluir bajo y continuo delante de ellas les informó que el río que habían dejado atrás volvía a su encuentro por otro lado.

Casi no crecía la hierba en la tierra húmeda y cualquier huella hubiera sido visible a la luz de la luna, pero no había huellas, como si ningún animal hubiera cruzado ese paraje. Y de pronto, sin embargo, sintieron que no estaban solas. Levantaron la cabeza y vieron dos pequeñas esferas encendidas que flotaban a la altura de las ramas inferiores de un árbol. Sintieron la punzada de terror que precede al movimiento de las garras que se abren y dilatan, y en cosa de segundos el follaje se llenó de esas bolas luminosas. Decenas de panteras negras, con las patas flexionadas, gruñendo como se gruñe antes de atacar, las observaban desde los árboles.

No intentaron huir, porque era inútil. Las habrían alcanzado en seguida y aun en el penoso estado en que se encontraban, se endurecieron para la lucha. Con los cuartos traseros pegados respondieron a los gruñidos de las otras, mientras la sangre que fluía excitando sus músculos les devolvió un residuo de energía que las hizo sentirse casi curadas. Una de las ramas se dobló muy cerca de sus cabezas y esperaron el salto del primer enemigo, pero la pantera, inexplicablemente, guardando un precario equilibrio, se quedó donde estaba, columpiándose. Otras ramas se doblaron de la misma forma, pero ninguna pantera inició el ataque y ellas se preguntaron qué esperaban. ¿Jugaban con ellas antes de la masacre? El ruido del río se oía muy cerca y la lúgubre se atrevió a moverse dando un paso en esa dirección, pues el barranco era la única meta que tenían a su alcance y tal vez, si lograban cruzarlo de nuevo, estarían a salvo. Dio otro paso y siguió avanzando lenta y suavemente, seguida por la colérica, mientras las panteras se desplazaban tras ellas haciendo crujir las ramas más bajas.

Cuando llegaron al borde del precipicio se pararon en la orilla para buscar el punto más estrecho y en ese momento temieron lo inevitable. Las ramas gemían bajo el peso del panterío, que no había dejado de gruñir un momento, y la lúgubre estudió la situación. En las paredes del precipicio, aquí y allá, varias rocas sobresalían a distinta altura, estrechando el abismo, así que si encontraban una roca cerca del borde que estuviera a la misma altura que otra roca de la orilla contraria, podrían saltar tal vez de una a otra. Era la única salida, con el panterío enemigo trepado en los árboles.

Las dos siguieron la orilla mientras sentían el jadeo de las panteras sobre sus cabezas, y no anduvieron mucho para dar con un punto en el que dos protuberancias del acantilado, un poco más abajo de la cresta, hacían más angosto el precipicio.

La lúgubre trató de descender hacia esa saliente para estudiar desde ahí la posibilidad de saltar al otro lado, pero el declive era abrupto y, con sumo cuidado, se dejó resbalar lentamente sobre la roca. Cuando sintió que perdía adherencia, tuvo que dar un pequeño salto para alcanzar aquella breve plataforma y estuvo a un pelo de caer al vacío. Miró abajo con pavor y dejó que se calmaran sus latidos antes de calcular la distancia que la separaba de la roca que sobresalía de la pared contraria. Decidió que podrían intentarlo, miró hacia arriba y vio que una pequeña multitud de negras se había amontonado en el árbol bajo el cual estaba la colérica, todavía parada en el borde del barranco, y temió que ya atacarían. Pero sus gruñidos se habían dulcificado, como si de pronto sólo les importara ver de qué manera aquel par pensaba cruzar el precipicio sin el auxilio de las ramas. Les estaban perdonando la vida, inexplicablemente, y fue entonces que la colérica, justo en el momento de empezar el descenso, oyó estas palabras: "Si lo cruzas, nunca vas a regresar", y se quedó con una pata en el aire, perpleja. ¿Era el estruendo del río o alguien había hablado? La lúgubre la vio petrificada en aquella absurda posición y con un gruñido la instó a que se diera prisa. La otra entonces miró el suelo y se dejó resbalar con cuidado unos cuantos metros por el declive, dio un breve salto y apenas logró aterrizar sobre la exigua plataforma donde ya estaba su compañera, luego midieron la distancia que las separaba de la saliente de la pared contraria y la lúgubre encorvó las patas traseras para lanzarse. El panterío dejó de gruñir y durante unos segundos el mismo río pareció aminorar su corriente y fluir más callado. Esta vez no contaban con la flexibilidad de una rama para aumentar el impulso del salto. La lúgubre tembló un poco y se concentró por última vez para no tener miedo al vacío. La vieron encogerse y como un latigazo rebrillar sobre el abismo, un breve destello antes de caer sobre la roca de la pared contraria, donde pataleó frenéticamente con las zarpas de atrás sobre el filo de la piedra para no caerse. Recobrado el equilibrio, se enroscó contra la pared para hacer espacio a la otra, y la colérica, que seguía aturdida, miró abajo, vio confusamente la espuma de la corriente y cuando enarcó las patas, algo le dijo que nunca podría volver. Si cruzaba al otro lado, sería para siempre. No volvería a pisar la tierra que estaba pisando, porque hay saltos que sólo son posibles cuando el que salta corta todos los vínculos con lo que deja atrás, como si el salto se agenciara por adelantado la energía necesaria para un eventual salto de regreso y, de este modo, eliminara de tajo la posibilidad de otro salto igual. Como si fueran dos saltos en uno. Saltó y su cuerpo relumbró en el aire, completamente estirado, y aterrizó en la saliente contraria chocando contra la lúgubre, que así le sirvió de colchón amortiguador, y ahí, jadeando, se quedaron pegadas a la pared, y cuando miraron hacia arriba, cientos de pequeñas lumbres las observaban del otro lado del precipicio.

Decidieron pasar la noche en ese nicho rocoso donde con trabajo hubiera cabido otra pantera y no internarse en la espesura de la nueva orilla hasta el amanecer. De vez en cuando, en medio del sueño, abrían los ojos para vigilar las lumbres del otro lado, pero cuando despertaron, ya no había ninguna. Treparon entonces hacia el borde del barranco y penetraron en la franja de jungla que las separaba de la montaña, donde otra clase de árboles, más altos y desunidos, dejaban que la luz penetrara hasta el suelo, que estaba nuevamente cubierto de maleza. El terreno subía rápidamente y la selva perdió su ímpetu; muchas plantas en aquel suelo empinado se retiraron de la carrera para alcanzar la cima y una franja pedregosa, anuncio de la pared que se elevaba un poco más adelante, clausuró la capa tropical. Cuando alcanzaron la pared, vieron que el valle de las hienas quedaba muy abajo, más allá de la jungla que recubría con su alfombra oscura las faldas del monte, y sólo entonces, viendo que las panteras negras no las habían seguido después de cruzar el precipicio, se detuvieron.

—Nos perdonaron la vida —dijo la lúgubre.

—Sí, porque nunca vamos a poder regresar —contestó la colérica.

La lúgubre la miró sin entender, pero sabía que la colérica no gustaba de dar explicaciones y se cuidó de no hacerle preguntas.

Siguieron subiendo por la ladera rocosa hasta que llegaron a la cima de la montaña, donde la cordillera se extendía hasta perderse en el horizonte, y la lúgubre comprendió qué había querido decir la otra. Por ese lado nunca podrían regresar al gran llano. El único camino era el que acababan de recorrer a través de la jungla y cruzar la jungla significaría cruzar el barranco y el bosque sombrío lleno de panteras negras.

—Por eso nos permitieron pasar —dijo la lúgubre, y se quedaron mirando la cadena de picos nevados que se esfumaba en la bruma de la lejanía.

—Nos acostumbraremos —dijo la colérica.

—¡Siento que no me va a sentar bien el aire de montaña! —dijo la lúgubre.

—Un aire como otro —dijo la colérica, y añadió—: Yo que nunca quise subirme a un árbol, voy a acabar mis días en el lugar más alto del mundo.

—¿Y por dónde vamos a empezar?

—¿Empezar qué?

—A vivir. ¿Por dónde se empieza?

—Dicen que el aire de montaña es bueno para las heridas. Por ahí vamos a empezar.

La lúgubre se calló: señal, en ella, de profundo asentimiento. Parecía satisfecha, sobre todo de la inusual extensión del diálogo. Tal vez un atributo del aire de montaña era volver locuaces a los taciturnos o tal vez se hacía sentir en la colérica el influjo del árbol desde el cual había saltado sobre el precipicio.

—¿Te fijaste en que no había huellas en el suelo? —preguntó su compañera.

¿Cuándo se había dignado la colérica preguntarle algo? Definitivamente el aire de montaña no era tan malo. ¿Si se había fijado en las huellas? En absoluto. Pero recordaba vagamente que no había visto ninguna.

—Claro que sí, en eso estaba pensando —contestó.

—Pues no le des más vueltas al asunto. Era la manada silenciosa.

La lúgubre puso cara de no entender.

—La manada —dijo la colérica— que no pisa y no deja huellas, ¿no te acuerdas? La manada que convirtió a la huérfana en pantera negra tocándola con sus hocicos. Y yo que no creía en esas barrabasadas.

—Ya recuerdo —dijo la lúgubre—, pero éstas no tenían nada de silenciosas. Tengo todavía en las orejas sus gruñidos.

—Eran ellas, las panteras que no pisan, por eso no saltaron al suelo —dijo la colérica, y la lúgubre, al recordar la amenaza recién pasada, sintió un temblor en el lomo.

Empezaron a descender en busca de un lugar para pasar la noche, hasta que encontraron una entrante en la roca donde guarecerse. Se prepararon para pasar su primera noche en las montañas y la lúgubre cogió el sueño en seguida. La colérica, en cambio, seguía absorta en sus pensamientos:

—Nunca nos van a dejar pasar —dijo una vez más. La lúgubre, más dormida que despierta, no dijo nada—. En el fondo, deberíamos estar agradecidas —prosiguió la colérica, hablando consigo misma.

—Sí —afirmó la otra entre sueños—, nos pudieron haber matado.

—No es eso. Hubieran podido tocarnos con sus hocicos, como hicieron con la huérfana, ¡y ahora estaríamos completamente negras!

—¡Qué horror! —fue todo lo que murmuró la lúgubre.

En las montañas, poco a poco, se cerraron sus heridas. En los bosques sombríos de hagenias y cedros aprendieron a cazar ardillas y liebres; y en las laderas más elevadas, donde se acababa el boscaje y crecían las lobelias, sus presas favoritas eran los antílopes jaezados y los jóvenes jabalíes. La lúgubre dio a luz cuatro cachorros, de los cuales murió uno; dos años después parió cinco, que sobrevivieron todos. La colonia creció, ocupando las laderas más suaves, donde había más árboles, pero con el tiempo algunos miembros jóvenes se desplazaron a las partes más altas y frías.

Todas, poco a poco, se volvieron animales solitarios, porque la vida en las montañas no permite la caza en grupo como en los grandes llanos. El terreno irregular, lleno de despeñaderos y de paredes empinadas, de cortas pendientes y cañadas estrechas, es muy bueno para acechar a los animales, no para perseguirlos. La caza en solitario, hecha de pacientes rececho y de saltos repentinos, da mejores resultados que las salidas en grupo y las panteras descubrieron que vivir solas no les disgustaba. Sólo la colérica y la lúgubre siguieron viviendo juntas, en la misma guarida que habían descubierto el primer día de su llegada a la montaña, y nunca perdieron del todo la esperanza de volver algún día al gran llano de los leones.

Ahora que nadie vivía con nadie, la colérica no tenía nada que vigilar, nada que corregir o poner en orden; la vida en manada era un recuerdo remoto y a veces dudaba de que una vida así hubiera sido posible en algún momento. Entonces se dedicaba a vigilar a las panteras negras, allá abajo, y con regularidad penetraba en la espesura de la base de la montaña hasta llegar al punto del barranco donde habían cruzado ella y la lúgubre. Mientras fingía seguir la pista de alguna presa, miraba hacia el

bosque sombrío y de inmediato las bolitas luminosas aparecían en la oscuridad del follaje, como una advertencia de que si intentaba violar aquel páramo, sería despedazada sin miramientos. Con gran pesadumbre regresaba montaña arriba y a la lúgubre le bastaba mirarla para saber que el paso seguía vigilado. Le hacía las mismas preguntas y recibía las mismas respuestas:

—¿Las viste?

—Vi los ojos.

—¿Y qué hacen?

—Nada, esperan.

—¿A quién?

—A cualquiera que pase por ahí.

—¿Y no hay otro camino? —preguntaba la lúgubre sabiendo que sólo en ese punto el barranco se estrechaba lo suficiente para poder cruzarlo.

—No, no hay otro camino —contestaba la colérica. Las dos, a menudo, soñaban con las cebras y los ñus y, desde luego, con los leones. Lo que más les dolía era que sus hijos, y los hijos de sus hijos, nunca hubieran visto uno. Estaban seguras de que con sólo ver un león entenderían cómo era la vida en el gran llano. Sabrían cómo eran las batidas de caza a campo abierto, con los rebaños huyendo en estampida y las reuniones de herbívoros en los abrevaderos y las grandes migraciones estivales y el ir y venir entre los campamentos y la llanura durante la época de prosperidad; todo eso que en las paredes rocosas de la montaña era imposible imaginarse.

Con el tiempo, a medida que la colérica se hacía vieja, dado que seguía soñando con los leones y no los veía, o empezaba a olvidarlos, llegó a convencerse de que los leones eran ellas, las panteras pardas, y que algún día habrían de regresar al gran llano para cazar de nuevo cebras y ñus. A fuerza de repetirlo, acabó por convencer de lo mismo a las otras panteras, las cuales, un poco por darle gusto y un poco porque nunca habían visto a los leones, empezaron a llamarse a sí mismas leones de montaña, porque habían nacido en la montaña y la montaña era lo único que conocían y por nada del mundo hubieran querido irse a otro lado. Pero los hombres, puesto que el nombre de leones de montaña era demasiado largo, prefirieron llamarlos pumas, que es más corto, y el nombre ha quedado hasta nuestros días. Y mucho después de haber muerto la colérica y la lúgubre, cuando los pumas poblaban ya toda la cordillera, cada vez que uno de ellos bajaba hasta la franja de selva que cubría la base de la montaña, recordaba la antigua advertencia, transmitida de padres a hijos, de no cruzar el barranco y de no internarse en la espesa arboleda situada al otro lado, en cuya oscuridad se veían de pronto los ojos de la manada silenciosa, de la manada que no pisaba y no dejaba huellas, encargada de vigilar aquel paso hasta la muerte. Y dado que ninguno de ellos sabía que hubieran podido internarse sin dificultad en aquella espesura —porque ahí las panteras negras no tocaban nunca el suelo—, se mantenían a prudente distancia de aquel sitio, ignorando que del otro lado, después de cruzar por segunda vez el barranco y atravesar la jungla poblada de monos y pájaros extraños, comenzaba el valle de las hienas y, todavía más allá, a dos o tres días de camino, la región de los llanos donde pastaban los grandes rebaños de herbívoros y vivían los verdaderos leones.

Cuando las panteras no eran negras, de Fabio Morábito,
se terminó de imprimir y encuadernar en marzo de 2010
en Impresora y Encuadernadora Progreso, S. A. de C. V. (IEPSA),
calzada San Lorenzo 244, Paraje San Juan,
C. P. 09830, México, D. F.
El tiraje fue de 6 000 ejemplares.